U0905819

更吹羌笛关山月

——唐代边塞短诗三百首

白华 / 编著

宁波出版社
NINGBO PUBLISHING HOUSE

图书在版编目(CIP)数据

更吹羌笛关山月 : 唐代边塞短诗三百首 / 白华编著. — 宁波 : 宁波出版社, 2020.10

ISBN 978-7-5526-4016-8

Ⅰ. ①更… Ⅱ. ①白… Ⅲ. ①唐诗—诗集 Ⅳ. ①I222.742

中国版本图书馆CIP数据核字(2020)第172924号

更吹羌笛关山月:唐代边塞短诗三百首

GENG CHUI QIANG DI GUAN SHAN YUE

白 华 / 编著

责任编辑 张爱妮
责任校对 余怡荻
封面设计 金字斋
出版发行 宁波出版社
地址邮编 宁波市甬江大道1号宁波书城8号楼6楼 315040
印 刷 宁波白云印刷有限公司
印 张 6.75
开 本 889mm×1194mm 1/32
字 数 100千
版 次 2020年10月第1版
印 次 2020年10月第1次印刷
标准书号 ISBN 978-7-5526-4016-8
定 价 32.00元

前言

边塞诗的产生渊源久远，起于先秦，历汉魏、两晋、南北朝而兴，跨隋后，至唐代达到高峰。唐代边塞诗乃唐诗中的璀璨明珠，承前启后，推陈出新，取得了杰出的艺术成就。有唐一朝，大量的诗人参与了边塞诗的创作，时间跨度大，诗作数量多，体例丰富完备，内容五彩纷呈，留下了许多含义深刻、诗意隽永的光辉篇章。

《全唐诗》收录涉及边塞题材的诗超过两千首，若按字句长短划分，有长篇和短篇之别。长篇中多为古体诗，尤其是乐府诗。短篇中主要为律诗和绝句，也有部分是乐府诗。长篇之长处是叙事详细，抒情充分，有叙有议，不足是不够精练，难于记忆。短篇以小见大，追求意境，概括性强，易上口，易记诵，但由于文字精短，开易收难，对写作技巧要求比较高，需要有很强的掌控能力。我们在学习和研究短篇边塞诗时，可以比较容易地接收诗歌中传递的信息能量，了解诗人们达到的艺术造诣高度，从而更加喜爱边塞诗，诵读她，传播她，这是选辑唐代边塞短诗的初衷。长篇中有大量的优秀作品，或可另辑成集。

本书辑录的唐代边塞短诗，依据的是清代彭定求等编校的《全唐诗》,选择了105位作者的308首作品,另有佚名者5首,共312首。在作品的选择上,力择菁华,摒弃平庸,不取空洞无物之作,不取文义艰涩之作,不取愤懑牢骚之作,不取思妇怨女之作。

本书的辑录遵循以下原则:

一、不评价作者,只做简要的介绍,不述说其出身、阅历、官职。欲了解作者详情,可以参考其他书目。

二、不解读品评作品,不妄议前人写作的立意、主题和目的,不以今度古。感受因人而异,读者自赏自析。

三、对所选作品不做考证,亦不做索隐。个别作品在《全唐诗》中分别收录在两人名下,编者选其中一种。

四、对作品涉及的人名、地名、典故等,在有依据的基础上做注释,力求准确简洁。没有可靠依据或查无出处的不做注释。

五、将作者姓名以姓的拼音字母排序列于书后,附上页码,以便读者查找。

明代人李东阳云:“选诗诚难,必识足以兼诸家者,乃能选诸家;识足以兼一代者,乃能选一代。”编者才疏学浅,选辑此书,诚感汗颜。盖因编者喜爱边塞诗歌,敬仰前辈诗人,故不揣浅陋,以绵薄之力登峻岭高山。所存错误,在所难免,请读者及专家教正。

目录

导言

盛世展异彩　千秋存华章

——浅谈对唐代边塞诗的认识

一、什么是边塞诗

首先，应明确汉唐边塞的含义。边塞有广义和狭义之分。广义的边塞泛指边疆地区，包括西北、东北和南方，例如古肃州、凉州、蓟北、辽东一带。狭义的边塞是指分布在边疆地区主要用于军事目的的要塞边城，例如玉门关、嘉峪关、雁门关、山海关。边塞诗，是以边疆地区汉族及其他民族的生活、战争、人文和自然风光为主要题材而创作的诗歌，创作方式包括抒情寄意、咏物感怀、追古念今、送别酬和等。唐代边塞诗涉猎的内容多是吟咏西北地区，这缘于当时多数战争发生在这个地区。

边塞诗涉及的内容非常广泛，研究的领域广博繁杂。本文仅就边塞战争、军旅生活、异域风光与唐代边塞诗的产生、发展的关系及如何评价等方面，做相关的探讨。边塞诗涉及的其他方面的内容，不在本文讨论之列。

二、边塞诗的产生

（一）边塞诗产生的年代

涉及边塞内容的诗篇最早的产生年代，就目前能看到的记载，应该是先秦时期，历汉、三国、两晋、南北朝，直到隋朝。朝代更迭，战争频繁，攻伐转换，给社会和人民生活带来的影响非常大。征战的残酷、兵士的艰辛、民族的矛盾，以及边塞的景物、异域的风光，给文人墨客尤其是诗人带来了丰富的创作题材，大量涉及边塞题材的作品涌现出来，涉及的内容也十分广泛。

比如，描写征战的："相公征关右，赫怒震天威。一举灭獯虏，再举服羌夷。"（王粲《从军行》）"昔年经上郡，今岁出云中。辽水深难渡，榆关断未通。"（王训《度关山》）"陷敌挝金鼓，摧锋扬旆旌。去去无终极，日暮动边声。"（刘峻《出塞》）"将军定朔边，刁斗出祁连。高柳横遥塞，长榆接远天。"（张正见《星名从军诗》）"羌兵烧上郡，胡骑猎云中。将军拥节起，战士夜鸣弓。"（徐陵《关山月》）

描写边塞风情的："边风落寒草，鸣笳坠飞禽。越情结楚思，汉耳听胡音。"（吴迈远《胡笳曲》）"沙漠胡尘起，关山烽燧惊。皇威奋武略，上将总神兵。高台朔风驶，绝野寒云生。"（裴让之《从北征》）"边庭节物与华异，冬霰秋霜春不歇。长风萧萧渡水来，归雁连连映天没。"（卢思道《从军行》）"绝漠三秋暮，穷阴万里生。寒夜哀笛曲，霜天断雁声。”（薛道衡《出塞》）。

描写将士气概的：“捐躯赴国难，视死忽如归。”（曹植《白马篇》）“男儿不惜死，破胆与君尝。”（吴均《胡无人行》）“轻生本为国，重气不关私。”（江晖《雨雪曲》）“戍久风尘色，勋多意气豪。”（王褒《入塞》）“何以酬天子，马革报疆场。”（陈叔宝《饮马长城窟行》）“汉虏未和亲，忧国不忧身。”（杨素《出塞》）

正是因为前朝诗人创作出的优秀边塞诗篇，在题材、文法、意境上做了大量的探索实践，为后世开了先河，奠定了基础，才逐步规范出以乐府诗歌为主要体裁的模板。

（二）唐代边塞诗繁荣的原因

进入唐代后，那个时代所特有的气魄和胸怀，能够激发出人们强大的艺术想象力和创造力。在无数诗人的笔下，唐代产生了极瑰丽的诗篇，迸发出了极灿烂的光芒，成为后世无法逾越的高峰，这是与唐代社会的诸多因素有关的。

首先，唐代尤其开朝时期，是开疆拓土、强力发展的时期，必然会涉及边塞战争。唐初至开元、天宝年间，战事最为频繁，尤其是在西部和北部的战争，涉及的地域广，持续的时间久。角色之转换，成败之并存，过程之生动，内容之丰富，都为诗人提供了大量的创作题材，社会形成了空前高涨的创作热情。可以说，频繁的边塞战争是唐代边塞诗走向昌盛的重要背景。

其次，唐代亦是民族交往空前繁荣的时期。唐初，在用军事武力巩固边境安宁的同时，实行了比较开明的民族政策，通过和亲、贸易、册封、会盟、羁縻等方式，在很大程度上实现了多民族的融合，建立起民族间的联系渠道，形成强大的凝聚力。不同民族的历史、文化、宗教、习俗的互相交流，相互融合，给以汉族为主体民族的唐朝打开了新的视野，在艺术表现方式上带来了新的境域。诗人们在学习中探索，在比较中创新，融合了异域的多样文化，为边塞诗开创了新的繁荣。可以说，繁荣的民族交往是唐代边塞诗走向昌盛的文化沃土。

再次，唐代是武功显赫、军威四震的年代，有着描写战争的政治氛围。比如唐太宗李世民设立凌烟阁，将唐朝马背上取天下的有功之臣绘图于阁上，以示表彰。后世朝廷鼓励将士也包括文人通过建立战功获取名声，赢得奖赏，实现升迁。许多文人或是从戎入幕，走上博取功名之路，或是游历边疆，抒发吊古怀昔的心愿。写作边塞内容的诗歌成为一时风尚。这一方面是诗人响应了时代的召唤，另一方面也是迎合了朝廷的政治需要。可以说，尚武重德的政治导向是促成边塞诗在唐代获得旺盛的生命力并持久不衰的强大动力。

（三）边塞诗在唐代不同时期的流变

唐代诗歌的发展一般分为四个时期，即初唐（618—713，高祖武德元年至玄宗开元元年）、盛唐（713—766，玄宗开元元年至代宗大历元年）、中唐（766—835，代宗大历元年至文宗大和九年）、晚唐（836—906，文宗开成元年至昭宗天祐三年）。不同的时期内，边塞诗在题材、风格、语言等方面都有很大的改变，下面列举几个方面加以简述。

1. 题材的变化。初唐到盛唐，国家拥有强大的国力，气象新锐，昂扬奋发，关心边事、尚武从军是时代风气。此时边塞诗的题材主要是歌颂正义战争，褒奖英勇将士，记载历史风云，赞美异域风光。到中唐、晚唐，国运江河日下，外寇屡屡犯边，藩镇割据，朝纲混乱，边塞诗的题材多转为诉说民生苦痛，谴责穷兵黩武，反思战争意义。

2. 内容的变易。在初唐和盛唐时期，个人的进取精神与国家利益结合紧密，感知遇、报君恩成为普遍共识。在边塞诗中较多的表达是施展抱负，抒发情怀，报效朝廷，建功扬名。中唐、晚唐由于社会矛盾加剧，经济凋敝，民不聊生，创作的边塞诗主要是反映战争灾难深重，国土日益沦丧，边关将老兵疲，军中腐败无能，真实、深刻地体现了浓厚的现实主义。

3. 风格的变型。初唐与盛唐的文人墨客，大多追求政治理想，心怀匡时济世的情怀，充满雄心与气魄，洋溢着乐观自信的时代精神。他们笔下的边塞诗，意境开阔，气度恢宏，刚健明亮，意气飞扬，自由奔放，浪漫生动，有鲜明的时代特色。至中唐，尤其到晚唐，诗人们面对的是满目疮痍，边患日重，少数人写出的边塞诗尚存盛唐风气，绝大多数边塞诗的格调是哀伤感叹，凄凉悲沉。

4. 审美的变迁。初唐四杰和陈子昂等诗人高举改革旗帜，力除绮靡不振的诗风，提倡兴寄。盛唐诗人经过努力，在诗歌的审美上取得了巨大的突破，创作出的边塞诗具有强烈的风骨美、悲壮美、阳刚美、壮丽美、浪漫美、风物美。而中唐至晚唐，社会弥漫的风气是精神疲惫，灰心怨恨，边塞诗中充斥着针砭、嘲讽、失意和无奈，诗句萧索，气息低郁，长吁短叹，长歌当哭。

多重因素的糅合错杂，使得创作以边塞题材为内容的诗歌，成为唐朝的一时风尚。今人可以在非常广阔的领域，读到内容极为丰富、创作手法不拘一格的边塞诗。创作者在那个特殊的时代，面对全新的视野，以自己的人生感悟，写下了大量的诗作。有学者统计过，清代彭定求等人编纂的《全唐诗》，在约四万八千九百首诗中，与边塞题材有关的诗篇超过两千首，其中脍炙人口、千古传诵的诗句俯首可拾，比比皆是。这样集中创作的边塞诗数量和质量，在唐代之前没有出现过，在唐代之后更是不再有过。

三、写边塞诗的人

唐代，是中国历史上又一个国力强盛的朝代，有一个现象是前朝后世无法比拟的，即大量的优秀诗人集体涌现，星河灿烂，前涌后继。气魄之伟，格调之雄，造诣之高，影响之大，前无古人，后无来者。在众多瑰丽的诗歌中，边塞题材尤为突出，引人瞩目。从初唐到盛唐，为国家建功立业，为自己显世扬名，成为当时的社会风气，也是很多诗人一生的理想。而要想实现自己的理想，其中一条路就是走上沙场，走向边疆，但大多数诗人无缘亲身体验，故将边塞作为其抒发情怀、创作诗篇的广袤天地。

唐朝从公元618年至907年，近290年，有多少人写过有关边塞内容的诗，是难以统计出来的。诗人的身份有记载可查的，包括帝王贵胄、朝廷命官、州府属吏、士人布衣，以至僧侣、宫娥。如此庞杂的创作队伍，如此多样的诗人结构，如此飞扬的生命活力，怎能不创作出五彩纷呈、气象万千的诗篇呢？这些诗人中，有的是久经沙场、雄镇边关的统军将领，有的是侧身幕僚、赞画军机的文人书生，也有的是游历塞外、行走异域的迁客骚人，更多的是身不能至但心随神追、吟咏唱和的各色人等。他们写出的诗篇，无论是精心之为，还是随意之笔，都为边塞诗的创作和发展留下了丰富的遗产。

在此期间，许多杰出的诗人，或以自身的经历，或凭天赋的才华，或展深邃的思想，或抒博大的情怀，创作出的边塞诗篇令人高山仰止。如初唐的卢照邻、骆宾王、陈子昂，盛唐的王之涣、王昌龄、王维、李白、高适、岑参，中晚唐的李益、卢纶、张籍。卢照邻，曾西出塞外，了解边情，其诗作感情真挚，描写生动，多用乐府旧题，韵律工整，风格多样。骆宾王，三次从军，两次出塞，到过北部、西部和西南边疆，所作边塞诗题材开阔，格调高昂，笔力刚健，慷慨雄浑，在诗歌写作中开创了新的美学境界。陈子昂，两次从军，到过西北和东北，作品全面真实地反映了边关生活和社会现实，思想深刻，风格质朴，情感激越，深刻地影响了盛唐时期边塞诗的发展。其诗被赞誉为“尽削浮靡，一振古雅”。王之涣，有北游边塞的经历，其创作意境开阔，大气雄浑。王昌龄，有“七绝圣手”之誉，作品富有思想深度和历史意识，表现出高度的概括力和丰富的想象力，洋溢着英雄豪迈的气概。王维，曾出使西域劳军，写出的边塞诗寄意深远，感情充沛，风格细腻。李白，对边塞问题高度关注，希望自己能够有机会奔赴疆场，报效国家，多用乐府题创作边塞诗，笔力雄健，气势磅礴。作品既抒发个人的豪情壮志，也反映战争给社会和人民带来的苦难。高适，是唐代边塞诗的代表人物，他数次出边关，其长期的军旅生涯，对其边塞诗的创作具有重要影响。其诗题材涉及广泛，思想深邃，直抒胸臆，自然浑朴，有强烈的政治性和现实性，前人评价“句调琅琅，振响欲绝”。岑参，两次到西北边塞，有多年的边塞生活经历，写下了大量的诗篇，与高适并称为“高岑”。他在诗中抒发渴望建功边关的抱负，描绘雄奇壮丽的奇异风光，直面战争的激烈残酷。其诗意境高旷，浪漫奔放，情感热烈，前人赞誉“超拔孤秀，度越常情”“语体奇峻，意亦造奇”。李益，五次到边塞入幕，度过近 20 年的边塞生活，丰富的军旅阅历使他的诗歌涉及广泛的战争题材，风格沉雄，音韵激昂，“意态绝健，音节高亮，情思悱恻，百读不厌也”。卢纶，其边塞诗能够真实反映军旅现实，雄浑开朗，充满激情，有盛唐韵味。张籍，他的创作多反映当时的异族频繁入侵，给当地的军民带来深痛苦难的现实，抨击守边将帅无所作为，简练含蓄，沉郁苍凉。这些不同时期的杰出诗人，勇于探索，勤于创作，以不同的形式和艺术风格，留下诸多光辉灿烂的诗篇，把唐代边塞诗的成就不断地推向新的高峰。

四、边塞诗的体裁

在唐代之前，中华民族的诗歌已是高度发达的、成熟的艺术形式和文学载体，统称为古体诗，或称古诗、古风。其中有以《诗经》为代表的四言体，后又有以《楚辞》为代表的骚体，到西汉则产生了乐府之歌词，配合乐谱而吟唱，也有的是因谱配词，称为乐府诗，开创了诗乐新风。其中的横吹曲、鼓吹曲等由于有军乐属性，因此大部分被诗人赋咏为边塞题材的诗歌。北宋郭茂倩的《乐府诗集》汉横吹曲部分收录200多首诗，边塞诗就有近160首，且多采用《出关》《入关》《出塞》《入塞》《折杨柳》《关山月》等曲调。这些丰富的体裁形式，使得多民族、多地域的军民士人能够充分展示其历史和文化，也为表现边塞题材提供了广阔的空间。如吴越春秋时期所作的《河梁歌》："渡河梁兮渡河梁，举兵所伐攻秦王。孟冬十月多雪霜，隆寒道路诚难当。"东汉名将马援在南征武陵溪时写道："滔滔武溪一何深，鸟飞不度，兽不敢临，嗟哉五溪多毒淫。"（《武溪深行》）建安七子之一的陈琳写道："长城何连连，连连三千里。边城多健少，内舍多寡妇。"（《饮马长城窟行》）西晋军事将领刘琨的《扶风歌》："惟昔李骞期，寄在匈奴庭。忠信反获罪，汉武不见明。"北朝著名诗人庾信在《燕歌行》中写出了边塞的真实生活:“晋阳山头无箭竹,疏勒城中乏水源。属国征戍久离居,阳关音信绝能疏。”南朝文学家鲍照在《代出自蓟北门行》中写出悲壮诗句:“时危见臣节,世乱识忠良。投躯报明主,身死为国殇。”南朝诗人刘孝威曾作感慨之言:“顿取楼兰颈,就解郅支裘。勿令如李广,功遂不封侯。”(《陇头水》)仕梁、西魏、北周三朝的王褒有诗:“廷尉十年不得调,将军百战未封侯。夜伏拥门作常伯,自有蒲萄得凉州。”(《墙上难为趋》)

至唐代,一方面继承汉魏以来的乐府诗诗体,一方面开拓新的表现形式的诗歌,称之为新乐府。在以边塞为内容的新旧乐府诗中,王昌龄的《出塞》《从军行》,杜甫的《前出塞》,王之涣的《凉州词》,王维的《渭城曲》,李白的《子夜吴歌》,高适的《燕歌行》,李颀的《古从军行》,岑参的《轮台歌奉送封大夫出师西征》《白雪歌送武判官归京》等,都取得了很高的艺术成就。隋末唐初,在五言古诗、七言古诗的基础上,通过众多优秀诗人的努力和推动,近体诗的体裁得以发展并逐渐成熟,为后世千年诗歌开创了新的载体,边塞诗的创作也达到了前所未有的辉煌。近体诗,又称今体诗,分为律诗和绝句,律诗中有五律、七律,绝句中有五绝、七绝。在近体诗中,唐代诗人更是创作出了大量的边塞诗篇。其中五言律诗中张籍的《没蕃故人》、张乔的《书边事》,七言律诗中祖咏的《望蓟门》、温庭筠的《苏武庙》,五言绝句中骆宾王的《在军登城楼》、李贺的《马诗》，七言绝句中岑参的《逢入京使》、陈陶的《陇西行》等，都是优秀篇章。

在不同体裁的运用过程中，一代又一代的诗人尽情展示着他们的才华，抒发出五彩斑斓的诗情，为边塞诗注入了强大的感人力量。同时，各种体裁的不同优势也在边塞诗中得到了充分的发挥：四言诗的质朴雅正，乐府诗的雄浑高远，五古七古的恣肆无拘，近体诗的严谨声律。这些体裁都成为反映边塞内容的重要文学形式，构成了中华文化宝库中光辉灿烂的组成部分。

五、唐代边塞诗的主要内容

唐代边塞诗所涉及的内容是极其丰富的，其中很重要的一个方面是可以从中了解那些波澜壮阔的战争过程，体验生死相搏的战斗场面和艰苦卓绝的军旅生涯，可以探知参与战争的各类人的复杂心态，更能够感受到雄奇壮丽的边塞风光。以诗歌这样短小的载体反映如此广阔的场景、如此宏大的内容，言简意赅，生动感人，是其他文学形式所无法比拟的。

（一）对战争的全景式反映

1. 记录战争过程。唐代传 21 帝，历 289 年，从开朝到朝末，战争几乎从未停止过，其中有抵御侵略的战争，有主动发起的战争，也有平息叛乱的战争。在对外征伐中，唐朝先后与吐谷浑、高丽、吐蕃、奚、契丹、大食、南诏、回纥作战，当时最大边患在西部，因此战争也多在大西北进行。开拓边疆，平定四夷，朝进夕退，昨胜今负，无数次的征战记录在诗人的笔下呈现："长驱千里去，一举两蕃平"（张祜《采桑》），"总戎扫大漠，一战擒单于"（高适《塞上》），"遥传副丞相，昨日破西蕃"（高适《同李员外贺哥舒大夫破九曲之作》），"挥刃斩楼兰，弯弓射贤王"（李白《出自蓟北门行》），"前军夜战洮河北，已报生擒吐谷浑"（王昌龄《从军行七首》其五）。也写出"凤林关外皆唐土，何日陈兵戍不毛"（秦韬玉《塞下》），"回望风光成异域，谁能献计复河湟"（顾非熊《出塞即事二首》其二），"谁能更使李轻车，收取凉州入汉家"（张籍《陇头行》）这样对收复失地的渴望。更记下对战事结束的心愿："早晚谒金阙，不闻刁斗声"（鲍君徽《关山月》），"边庭绝刁斗，战地成渔樵"（高适《睢阳酬别畅大判官》），"男儿解却腰间剑，喜见从王道化平"（王涯《平戎辞》），"天涯静处无征战，兵气销为日月光"（常建《塞下曲四首》其一）。诗人们歌咏国运昌盛、武力强大："万里山河唐土地，千年魂魄晋英雄"（罗隐《登夏州城楼》），"赞普多教使入秦，数通和好止烟尘"（杜甫《喜闻盗贼蕃寇总退口号五首》其二），"我今抽刀勒剑石，告尔万世为唐休"（李益《从军夜次六胡北饮马磨剑石为祝殇辞》），"西川父老贺子孙，从兹始是中华人"（顾云《筑城篇》）。

2. 描写战斗场景。唐代边塞诗中，有大量表现战斗场景及过程的篇目，使人读后犹如身临其境，血脉偾张。如写将士在战场等待厮杀的状态："晓战随金鼓，宵眠抱玉鞍”（李白《塞下曲六首》其一），“将军朝授钺，战士夜衔枚”（沈佺期《塞北二首》其二），“孤山几处看烽火，壮士连营候鼓鼙”（佚名《水调歌》），“万里飞沙压鼓鼙，三军杀气凝旌旆”（杨巨源《卢龙塞行送韦掌记》）。写战场搏斗：“胡骑虽凭陵，汉兵不顾身”（高适《蓟门行五首》其五），“泉喷诸戎血，风驱死虏魂”（高适《同李员外贺哥舒大夫破九曲之作》），“四边伐鼓雪海涌，三军大呼阴山动”（岑参《轮台歌奉送封大夫出师西征》），“汉兵大呼一当百，虏骑相看哭且愁”（王维《燕支行》），“壮士挥戈回白日，单于溅血染朱轮”（王翰《饮马长城窟行》）。其中卢纶的一首诗，可以说是用最精练的语言描述了战斗过程：“月黑雁飞高，单于夜遁逃。欲将轻骑逐，大雪满弓刀。”（《和张仆射塞下曲六首》其三）

3. 表现苦绝军旅。军队奔赴战场，常常要在艰苦的条件下行军，在恶劣的环境里扎营，这需要军人克服种种困难去完成自己的使命。诗人写到行军路上，有这样的诗句：“马冻重关冷，轮摧九折危”（虞世南《从军行二首》其一），“雪中凌天山，冰上渡交河”（陶翰《燕歌行》），“绝壁千里险，连山四望高”（骆宾王《从军中行路难二首》其一），“人寒指欲堕，马冻蹄亦裂”（长孙佐辅《陇西行》）。军人面对的自然环境经常是这样的：“风折旗竿曲，沙埋树杪平”（马戴《塞下曲二首》其二），“野云万里无城郭，雨雪纷纷连大漠”（李颀《古从军行》），“青海戍头空有月，黄沙碛里本无春”（柳中庸《凉州曲二首》其一），“北风卷地白草折，胡天八月即飞雪”（岑参《白雪歌送武判官归京》）。军队宿营是这样的：“今夜不知何处宿，平沙万里绝人烟”（岑参《碛中作》），“塞外征行无尽日，年年移帐雪中天”（李益《暖川》，一作《征人歌》），“阴山苦雾埋高垒，交河孤月照连营”（骆宾王《从军中行路难二首》其二）。或是黄沙蔽日、戈壁连天，或是毒雾环绕、阴雨漫山，或是陇上飞雪、瀚海连波，“夜夜风霜苦，年年征戍频”（李峤《倡妇行》），“汉家征戍客，年岁在楼兰”（郑愔《塞外三首》其三）。通过诗人们生动的描述，后人能够对那时军人克服艰苦的毅力、战胜险阻的勇气、经受磨难的坚强，感同身受，肃然起敬。

4. 突出将领作用。战争的胜负是由诸多因素决定的，其中军队将领的作用是很重要的，尤其是在前线、战场，将领的素质、能力、勇气，往往能在很大程度上决定一次战斗或一场战争的成败。唐代的边塞诗中有许多反映这方面的内容，特别是常常用汉朝军事将领的名字或典故来比喻当下将领或战争，这是唐代边塞诗的一大特色，体现了汉唐在文化和精神历史上的传承。比如将军出征：“汉皇按剑起，还召李将军”（李白《塞下曲六首》其六），“汉家边事重，窦宪出临戎”（耿沣《出塞》），“玉靶角弓珠勒马，汉家将赐霍嫖姚”（王维《出塞》）。形容领兵作战：“忆昔霍将军，连年此征讨”（高适《登百丈峰二首》其一），“尝闻汉飞将，可夺单于垒”（常建《吊王将军墓》）。感慨没有出色的将领：“一自塞垣无李蔡，何人为解北门忧”（翁绶《雨雪曲》），“惆怅临戎皆效国，岂无人似霍嫖姚”（张蠙《边情》），“君不见沙场征战苦，至今犹忆李将军”（高适《燕歌行》）。嗟叹身赴战场而结局不同：“卫青不败由天幸，李广无功缘数奇”（王维《老将行》），“何知七十战，白首未封侯”（陈子昂《感遇诗三十八首》其三十四），“因嗟李陵苦，只得没蕃名。”（贯休《古塞上曲七首》其七）描写战争后的情景：“会勒燕然石，方传车骑名”（窦威《出塞》），“为问征行将，谁封定远侯”（张籍《送远使》），“君逐嫖姚将，麒麟有战功”（李益《送柳判官赴振武》）。唐代诗人的这种写法，一方面以汉比唐，鼓舞和激励将领们为国用命，效命沙场，一方面用汉说唐，发挥诗歌的比兴特性，忆史喻今。一句“伏波惟愿裹尸还，定远何须生入关”（李益《塞下曲》），不知打动了多少边关将士。

5. 直面战争残酷。无论是战争还是戍边，都是要靠人去完成的，连绵不绝的战事，艰苦卓绝的环境，必然带来无数将士的死伤，这些在边塞诗的内容中都有大量的倾诉。比如：“去时三十万，独自还长安”（王昌龄《代扶风主人答》），“千去不一回，投躯岂全生”（李白《古风五十九首》其三十四），“前年伐月支，城上没全师”（张籍《没蕃故人》）。硝烟散去，回首远眺：“六军将士皆死尽，战马空鞍归故营”（贾至《燕歌行》），“战血染黄沙，风吹映天赤”（贯休《古塞下曲四首》其四），“但见沙场死，谁怜塞上孤”（陈子昂《感遇诗三十八首》其三），“燕然山上云，半是离乡魂”（于濆《塞下曲》）。将士家人的状况：

“万里无人收白骨，家家城下招魂葬”（张籍《征妇怨》），“白骨已枯沙上草，家人犹自寄寒衣”（沈彬《吊边人》），“可怜无定河边骨，犹是春闺梦里人”(陈陶《陇西行四首》其二)。

6. 关注长治久安。诗人们在反映战争的同时，也对战争的意义、民族关系的处理、国防边关的建设以及重视军人的作用等方面进行深入思考，总结历朝历代攻守战和的历史经验，提出了很多目光长远的建议。比如关于不轻用兵：“王师非乐战，之子慎佳兵”（陈子昂《送著作佐郎崔融等从梁王东征》），“古人薄军旅，千载谨边关”(王勃《陇西行十首》其九)，“李牧制儋蓝，遗风岂寂寥”（高适《睢阳酬别畅大判官》）。关于作战：“苟能制侵陵，岂在多杀伤”（杜甫《前出塞九首》其六），“和戎先罢战，知胜霍嫖姚”（黄甫曾《送和西蕃使》），“几时拓土成王道，从古穷兵是祸胎”(李商隐《汉南书事》)。关于长久之策：“和戎非用武，不学李轻车”（李嘉佑《送崔夷甫员外和蕃》），“万户封侯者，何谋静虏庭”（王贞白（《出自蓟北门行》），“无战是天心，天心同覆载”（王维《奉和圣制送不蒙都护兼鸿胪卿归安西应制》），等等。这些建议和愿望，包括要珍惜国力，减少征战，体恤人民的苦难，探讨战争的意义，总结开边的经验，体现出诗人们“国家兴亡，匹夫有责”的使命感以及关注国家命运的洞察力，从而极大地提升了边塞诗的品位和作用。

（二）描绘参加战争人的异同心态

走上战场的人身份多样，有将领，有官员，有士兵，有役夫，其心态、目的各有差异，这些都在边塞诗中有所描述。

1. 忠君报国，杀敌保家。在唐代边塞诗中，为国家、为民族舍生忘死，勇往直前，是诗歌的主旋律，正面颂扬的诗句很多："报国行赴难，古来皆共然"（崔颢《赠王威古》），"所愿除国难，再逢天下平"（张籍《西州》），"当须徇忠义，身死报国恩"（李希仲《蓟北行二首》其二），"岂不服艰险，只思清国雠"（张宣明《使至三姓咽面》）。表现不怕牺牲、渴望胜利："万里不惜死，一朝得成功"（高适《塞下曲》），"健儿宁斗死，壮士耻为儒"（杜甫《送蔡希鲁都尉还陇右因寄离三十五书记》），"未收天子河湟地，不拟回头望故乡"（令狐楚《少年行四首》其三）。抒发英雄气概、豪情壮志："沙场碛路何为尔，重气轻生知许国"（张说《巡边在河北作》），"愿得此身长报国，何须生入玉门关"（戴叔伦《塞上曲二首》其二），"年发已从书剑老，戎衣更逐霍将军"（李益《上黄堆烽》）。

2. 侠风烈骨，书生意气。在诗中写出青春热血、不负年华，赞颂勇武豪迈、男人气概："少年胆气凌云，共许骁雄出群"（张说《破阵乐二首》其二），"少年胆气粗，好勇万人敌"（顾况《从军行二首》其二），"小来思报国，不是爱封侯"（岑参《送人赴安西》）。写献身沙场："从来幽并客，皆共尘沙老"（王昌龄《塞下曲四首》其一），"孰知不向边庭苦，纵死犹闻侠骨香"（王维《少年行四首》其三）。写书生抛却安逸、投笔从戎："平生怀仗剑，慷慨即投笔”（刘希夷《从军行》），“岂学书生辈，窗间老一经”（王维《送赵都督赴代州得青字》），“宁为百夫长，胜作一书生”（杨炯《从军行》），“一朝弃笔砚，十年操矛戟”（崔融《塞垣行》）。

3. 谋取功名，耀祖光宗。唐代明确了从军的激励措施，设立了以军功求出身、谋进阶的制度，引领了一时风气，使一批又一批心怀此愿的人们走向边塞，以个人吃苦、拼搏实现自己的腾达理想，或希望通过边关将领的举荐，改变自己的人生命运。边塞诗中多有这样的诗句：“幸应边书募，横戈会取名”（李益《赴邠宁留别》），“战伐有功业，焉能守旧丘”（杜甫《后出塞五首》其一），“卒使功名建，长封万里侯”（张宣明《使至三姓咽面》），“不有封侯相，徒负幽并客”（顾况《从军行二首》其二），“功名万里外，心事一杯中”（高适《送李侍御赴安西》），“功名只向马上取，真是英雄一丈夫”（岑参《送李副使赴碛西官军》）。

4. 思念家乡，牵挂征人。边塞战争造成无数的家庭子别母、夫离妻。从踏上漫漫的远征之路起，边地远隔，天各一方，不知有多少人从此将不再有回乡之日、团聚之时。由此产生的思家之念、离别之愁、久戍之苦等特殊的心理感受，在诗人笔下化作一行行诗句。比如写边关的将士去国怀乡：“万里乡为梦，三边月作愁”（岑参《送人赴安西》），“戍客望边邑，思归多苦颜”（李白《关山月》），“边草萧条塞燕飞，征人南望泪沾衣”（令狐楚《塞下曲二首》其二），“不知何处吹芦管，一夜征人尽望乡”（李益《夜上受降楼闻笛》)。写家乡的父老妻儿惦念盼望:“秋风吹不尽,总是玉关情”(李白《子夜吴歌·秋歌》),“良人自戍来,夜夜梦中到”(聂夷中《杂怨三首》其一),“何日平胡虏,良人罢远征”(李白《子夜吴歌·秋歌》),“一行书信千行泪,寒到君边衣到无”(陈玉兰《寄外征衣》)。

5. 感叹命运,倾诉怨懑。走上战场的人,并不都是主动的,有的是被征无奈,有的是为养家糊口。屯兵边塞,思归无路,寄情于诗:“久戍人将老,长征马不肥”(郭震《塞上》),“闻道黄龙戍,频年不解兵”(沈佺期《杂诗三首》其三),“诸将年皆老,何时罢鼓鼙”(丁棱《塞下曲》),“黄尘满面长须战,白发生头未得归”(令狐楚《塞下曲二首》其二)。许多人看到了战争真实的一面,经历了血腥和死亡,从人道主义出发而感慨:“黄尘足今古,白骨乱蓬蒿”(王昌龄《塞下曲四首》其二),“城下有寡妻,哀哀哭枯骨”(常建《塞上曲》),“将军夸宝剑,功在杀人多”(刘商《行营即事》)。也有的人最初怀抱志向,从军远征,但并没有实现自己的理想,功名未就,感到苦闷失望:“悔向万里来,功名是何物”(岑参《日没贺延碛作》),“谁怜不得意,长剑独归来”(高适《自蓟北归》),“早知行路难,悔不理章句”(王昌龄《从军行二首》其一),“人生莫作远行客,远行莫戍黄沙碛”(戴叔伦《边城曲》),“赤心报国无片赏,白首还家有几人”(刘长卿《疲兵篇》)。

6. 揭露不公,反思战争。战争带来了社会的破坏、国力的损耗,造成民众妻离子散、家破人亡,痛苦是巨大的。

统治者穷兵黩武，给国家带来沉重灾难，社会动荡，边地频失。唐代从军入幕或出塞游边的诗人很多，他们面对战争的结果，哀叹普通士卒的死难，会发出这样的感叹："死是征人死，功是将军功"（刘湾《出塞曲》），"由来从军行，赏存不赏亡"（乔知之《苦寒行》），"碛西行见万里空，幕府独奏将军功"（张籍《将军行》）。谴责军中腐败，表达厌战心情："战士军前半死生，美人帐下犹歌舞"（高适《燕歌行》），"元戎日夕且歌舞，不念关山久辛苦"（刘长卿《疲兵篇》），"安边自合有长策，何必流离中国人"（张谓《代北州老翁答》），"边将皆承主恩泽，无人解道取凉州"（张籍《凉州词三首》其三）。对君主轻易开边、穷兵黩武尤为不满："边土无膏腴，闲地何必争"（司马扎《古边卒思归》），"汉家能用武，开拓穷异域"（高适《蓟门行五首》其二），"纵饶夺得林胡塞，碛地桑麻种不生"（陈陶《陇西行四首》其一），"年年战骨埋荒外，空见蒲桃入汉家"（李颀《古从军行》），"边庭流血成海水，武皇开边意未已"（杜甫《兵车行》）。

（三）抒写边塞风光

有唐一朝，无数的中原人出西域，入漠北，走辽东，下南粤，或征战，或出使，或迁徙，或游历，接触到全新的异域邦国，领略到雄奇的边塞风光，在辽阔无涯中惊叹大自然的鬼斧神工。诗人们激情如火，笔墨翻飞，用真挚的情感、炽热的语言、奔放的诗句，抒发出胸中的无限感慨。

1. 浩瀚苍茫的塞外风光。在边塞诗中，有许多描写塞外风光的隽永诗句，构成一幅幅天苍地迥、磅礴厚重的画卷，展现出诗人们杰出的艺术水准，比如：“万里度关山，苍茫非一状”（崔融《关山月》），“大漠横万里，萧条绝人烟”（陶翰《出萧关怀古》），“三春时有雁，万里少行人”（王维《送刘司直赴安西》），“四月草不生，北风劲如切”（长孙佐辅《陇西行》），“五月天山雪，无花只有寒”（李白《塞下曲六首》其一），“晚风连朔气，新月照边秋”（骆宾王《夕次蒲类津》）。

2. 多姿多彩的异域风景。边陲异域，其山川地貌、自然景色与内地截然不同，诗人们或是新奇，或是感叹，将他们看到的景物用诗句描绘出来：“平沙落日大荒西，陇上明星高复低”（佚名《水调歌》），“惊风吹起塞鸿群，半拂平沙半入云”（白居易《赋得听边鸿》），“白日登山望烽火，黄昏饮马傍交河”（李颀《古从军行》），“胡风吹沙度陇飞，陇头林木无北枝”（张籍《塞下曲》），“边树萧萧不觉春，天山漠漠长飞雪”（贺朝《从军行》），“轮台九月风夜吼，一川碎石大如斗，随风满地石乱走”（岑参《走马川行奉送出师西征》）。

3. 冷寂荒寒的戍边营地。由于连年不绝的边境战争，辽东塞北、碛西岭南分布着无数的营地。云高天远，地冷风寒，有大量的将士长期在此驻扎，默默戍守。诗人的笔下咏出这样的诗句：“一雁过连营，繁霜覆古城”（储光羲《关山月》），“晓风听戍角，残月倚营门”（许浑《征西旧卒》），“暮烟传戍起，寒日隔沙垂”（张蠙《边庭送别》），“马系千年树，旌悬九月霜”（卢照邻《陇头水》），“阴山苦雾埋高垒，交河孤月照连营”（骆宾王《从军中行路难二首》其二），“萧条夜静边风吹，独倚营门望秋月”（郎士元《塞下曲》）。

4. 遥远孤矗的烽燧关城。出于军事防御的需要，边关修建了许多烽火台和关城。关前是荒芜的戈壁大漠，城后是远方的家乡亲人，狼烟频举，刁斗夜传。诗人置身于此，触景生情：“孤城天北畔，绝域海西头”（岑参《北庭作》），“孤城当瀚海，落日照祁连”（陶翰《出萧关怀古》），“青海长云暗雪山，孤城遥望玉门关”（王昌龄《从军行七首》其四），“日暮独吟秋色里，平原一望戍楼高”（朱庆馀《自萧关望临洮》），“朔风吹叶雁门秋，万里烟尘昏戍楼”（佚名《凉州歌》），“遥知汉使萧关外，愁见孤城落日边”（王维《送韦评事》）。

唐代诗人笔下抒写的边塞风光，是边塞诗中极为明亮瑰丽的部分，与那个时代的开放、旷达有直接的关系。那时的诗人有着敏感的内心世界和即触即发的审美情结，写下的诗既是歌咏美丽的自然风光，又是抒发自己内心的无垠情怀：“寒风动地气苍茫，横吹先悲出塞长”（韩翃《送孙泼赴云中》），“笳吹远戍孤烽灭，雁下平沙万里秋”（翁绶《关山月》）。通过这些诗篇，可以充分领略千余年前诗人们所描绘的自然与人文的异样美感，给今人留下无尽的追思遐想和丰沛的精神享受。

六、怎样评价唐代边塞诗

唐朝是继隋朝后的大一统时代，也是中国最为强盛的朝代之一，在漫长的时期里，诞生了唐代边塞诗这样一枝绚烂雄奇的文学艺术之葩，流淌出一条千年不绝的艺术长河。边塞诗的内容包括战争与和平、铁血与柔情、荒凉与壮美、沉厚与浪漫等。其思想丰沛深刻，气魄宽广博大，题材包罗万象，体裁兼蓄多样，语言精妙深邃。因此，要对边塞诗的成就做出全面准确的评价，难度是极大的，但可以从其中比较突出的几个方面进行探索性的评价。

（一）唐代边塞诗具有的特质

1. 长存的人间浩气。

（1）家国情怀："感时思报国，拔剑起蒿莱"（陈子昂《感遇诗三十八首》其三十五），"平生报国愤，日夜角弓鸣"（李益《送辽阳使还军》）。

（2）舍生取义："男儿感忠义，万里忘越乡"（岑参《武威送刘单判官赴安西行营便呈高开府》），"重义轻生怀一顾，东伐西征凡几度"（骆宾王《从军中行路难二首》其一）。

（3）不畏艰难："也知塞垣苦，岂为妻子谋"（岑参《初过陇山途中呈宇文判官》），"河源收地心犹壮，笑向天西万里霜"（杨巨源《述旧纪勋寄太原李光颜侍中二首》其一）。

（4）风骨凛然："丈夫期报主，万里独辞家"（郑愔《塞外三首》其一），"气高轻赴难，谁顾燕山铭"（王昌龄《少年行二首》其一）。

2. 丰富的诗歌语言。

（1）言词质朴："万里乡为梦，三边月作愁"（岑参《送人赴安西》），"汉家青史上，计拙是和亲"（戎昱《咏史》）。

（2）寓意深刻："李牧今不在，边人饲豺虎"（李白《古风五十九首》其十四），"秦王筑城何太愚，天实亡秦非北胡"（王翰《饮马长城窟行》）。

（3）风情唯美："大漠孤烟直，长河落日圆"（王维《使至塞上》），"大漠沙如雪，燕山月似钩"（李贺《马诗二十三首》其五）。

（4）动感传神："林暗草惊风，将军夜引弓"（卢纶《和张仆射塞下曲六首》其二），"骏马似风飙，鸣鞭出渭桥"（李白《塞下曲六首》其三）。

3. 独特的美学形式。

（1）气势豪迈："丈夫清万里，谁能扫一室"（刘希夷《从军行》），"不求生入塞，唯当死报君"（骆宾王《从军行》）。

（2）意象雄浑："万里寒光生积雪，三边曙色动危旌"（祖咏《望蓟门》），"一身转战三千里，一剑曾当百万师"（王维《老将行》）。

（3）格调高昂："男儿须展平生志，为国输忠合天地"（贯休《塞上曲二首》其二），"会待安边报明主，作颂封山也未迟"（张说《巡边在河北作》）。

（4）视野旷远："明月出天山，苍茫云海间"（李白《关山月》），"一轮霜月落，万里塞天空"（王贞白《胡笳曲》）。

（5）景物交融："戍烟千里直，边雁一行斜"（李端《送王副使还并州》),“雁远行垂地,烽高影入河”(张蠙《朔方书事》)。

(6)形象生动:“塞古柳衰尽,关寒榆发迟”(耿湋《关山月》),“惊蓬连雁起,牧马入云多”(钱起《送王使君赴太原行营》)。

(7)色彩瑰丽:“横笛闻声不见人,红旗直上天山雪”(陈羽《从军行》),“忽如一夜春风来,千树万树梨花开”(岑参《白雪歌送武判官归京》)。

(8)感情浪漫:“昔时征战回应乐,今日从军乐未回”(李益《暮过回乐烽》),“醉卧沙场君莫笑,古来征战几人回”(王翰《凉州词二首》其一)。

我们读唐代边塞诗,可以从其特质中欣赏从军的慷慨与炽热的情怀,感受青春的激情与沙场的呐喊,叹息无尽的乡愁与久戍的苦闷,体会个人的微小与山川的辽阔,领悟生命的无常与天地的永恒。边塞诗以其雄浑的艺术形象、独具的美学力量,穿透时间和空间,于千百年来不断地闪耀着灿烂的光芒。

(二)唐代边塞诗的价值

1. 唐代边塞诗是研究唐代战争史的重要史料。唐代是举国尚武的朝代,尤其是初唐、盛唐时期。边塞诗大部分是与战争有关的,其写作的时间横跨唐朝的始末。很多诗歌作者亲身经历过在此期间发生的诸多战争,将战争的起因、过程、结局,通过诗歌的形式予以记载和反映。因此说边塞诗是诗史、战争史也是不为过的,其具有独特的史料价值。

2. 唐代边塞诗是研究唐代各民族交往融合的重要途径。唐朝与边疆多民族的密切联系，建立在唐朝辽阔的疆域和实行开明的民族政策基础上，各民族交往广泛，融合互通。边塞诗对这方面给予了极大的关注，诗中涉及管辖、册封、联姻、贸易、文化、宗教、民俗等众多领域，从一个侧面反映出唐朝的国力强盛、政治包容和政策灵活，具有重要的参考意义。

3. 唐代边塞诗是研究唐代边塞建设历史的重要依据。唐朝边患不断，战争频仍，因此加强边塞建设、巩固国防是极其重要的国家任务。唐朝先后设置了单于、安北、安西、北庭、安东、安南六大都护府，还有若干边州都护府，行使对边境地区“抚慰诸蕃，辑宁外寇”的职责。边塞诗中常常提到阴山、天山、疏勒、轮台、榆关、朔方等许多边关地名，描述了边塞建设的作用和兴废的历史，为后人研究国防建设、边疆稳定提供了鲜活的实例。

4. 唐代边塞诗是研究唐代诗歌发展历史的重要文本。唐朝是诗歌形式、内容发展的高峰，唐诗丰富多彩，推陈出新。边塞诗在其中形成重要的诗派，对后世产生了深远的影响，其创作数量也在唐诗中占有突出的比重。前人评述《全唐诗》的七绝压卷之作，有的认为是王之涣的《凉州词》（黄河远上白云间），有的认为是王翰的《凉州词》（葡萄美酒夜光杯），也有的认为是王昌龄的《出塞》（秦时明月汉时关）。无论选哪一首，都是边塞题材的代表作，由此也可以印证边塞诗在唐诗中的显要位置。

5. 唐代边塞诗是研究唐代诗人的重要窗口。《全唐诗》收录的诗人有2200多位，写过边塞诗的诗人应有几百人之多，尤其是著名的诗人大都写过边塞诗，有的诗人就是因为创作出杰出的边塞诗而享誉朝野，流芳百世。初唐、盛唐时，国家处于发展的黄金时期，国力鼎盛，那时的诗人也是英姿勃发，浪漫奔放，写出的边塞诗意境高昂，文辞爽朗。到中唐、晚唐，内忧外患，国力日衰，诗人格调低沉，笔力疲弱，边塞诗的内容反映的也多是愤懑、苦闷、哀伤的情绪。通过对边塞诗的研究，可以深入地了解到由于诗人的不同身世、经历、所处的时代而造成的创作方式、内容、风格的差异。

（三）用正确的历史观评价边塞诗

对唐代边塞诗的思想性、艺术性的评价，都不能脱离那个时代，以今天的认识或观点去苛责古人，或以求全责备的方式做学术研究。当下，有的人认为边塞诗中把忠君与爱国混淆起来，有的人提出渴望功名就是庸俗的追求，还有的人说边塞诗是站在汉族汉人立场上写的，等等，不一而足。我们在学习边塞诗时，常常可以看到这样的诗句："忘身辞凤阙，报国取龙庭"（王维《送赵都督赴代州得青字》），"尽系名王颈，归来献天子"（王维《从军行》），"收功报天子，行歌归咸阳"（李白《出自蓟北门行》），"万里驱兵过海门，此生今日报君恩"（高骈《南征叙怀》），"只待烟尘报天子，满头霜雪为兵机"（韦庄《赠边将》），

“要须洒扫龙沙净，归谒明光一报恩”（武元衡《出塞作》）。对古人而言，忠君与爱国是一体的，君臣关系与社稷亦是不可分割的，在报国的路上求得名声和功业也无可厚非。了解那个时代，理解那个时代的人，才能够读懂那个时代的诗歌，如果不这样认识，就无法理解屈原、苏武、岳飞、文天祥、史可法等历史上的英雄。边塞诗的基调是家国情怀，是使命担当，诗韵高远，诗意磅礴。那些讴歌边塞的诗人曾经达到的精神高度、取得的艺术成就，是中华文化的瑰宝，是后人勇攀的高峰，我们应当脱帽肃立，向前辈致敬和感谢！

（四）边塞诗持久的生命力

唐代，作为一个辉煌、强大的朝代，已经湮灭在千年的历史风云中。那时的边塞，也早已旧貌换新颜了。人间转换，朝代变迁，江河流逝，沧海桑田，但边塞诗却具有强大的生命伟力，时光不褪其颜色，尘土不掩其光芒，在今天，她依然拥有独特的魅力，散发着迷人的芬芳。边塞诗反映出的主流意识，可以概括为：面对使命的坚定；面对困苦的坚忍；面对死生的旷达；面对人性的真挚。这样的意识在今天仍有鲜明的时代意义。

个人的命运与祖国的盛衰是紧密相连的，为祖国的危难而赴汤蹈火，为亲人的安宁而奋不顾身，这是任何时代都被尊崇的信念。

在波澜壮阔的大时代里，存有坚定的民族自信心、强烈的民族自豪感，这是任何时代都不可或缺的情怀。

由侠肝义胆、慷慨担当所产生的英雄气概，进而激发出无畏困苦、向死而生的磅礴力量，这是任何时代都被提倡的精神。

短暂的个体生命与壮丽的事业相结合，方能体现出价值和作用，这是任何时代都被激励的方向。

明代人陆时雍在《诗镜总论》中写道："诗之可以兴人者，以其情也，以其言之韵也。夫献笑而悦、献涕而悲者，情也；闻金鼓而壮，闻丝竹而幽者，声之韵也。是故情欲其真而韵欲其长也。"唐代的边塞诗，其情其韵可谓亦真亦长！诗中记载着黄沙蔽日，白雪漫山，南溪毒障，塞北苦寒，戈壁戟横，关河梦断，壮怀激烈，义薄云天，血洒荒野，泪别江南。美好瑰丽的诗篇值得今人心口吟唱，千年颂扬。

唐诗是不朽的，边塞诗是永生的。

谨以金代诗人元好问的《敕勒歌》作为本文结束语：

慷慨歌谣绝不传，
穹庐一曲本天然。
中州万古英雄气，
也到阴山敕勒川。

2018 年 12 月 29 日初稿于北京

2019 年 5 月 31 日改定于宁波

窦威

？—618，字文蔚，扶风平陵（今属陕西咸阳）人。

出塞[①]

匈奴屡不平[②]，汉将欲纵横。
看云方结阵[③]，却月始连营[④]。
潜军渡马邑[⑤]，扬旆掩龙城[⑥]。
会勒燕然石[⑦]，方传车骑名。

①出塞：乐府横吹曲辞名。

②匈奴：古代北方游牧民族。

③结阵：列成队形。

④却月：却月阵，兵车战阵中的一种战法。

⑤潜军：秘密出动军队。马邑：唐置马邑县，在今山西朔州市。

⑥旆：旗帜。龙城：也称龙庭，匈奴人祭天之处，在今蒙古国鄂尔浑河东岸。

⑦燕然：据《后汉书·窦宪传》记载，窦宪，东汉章帝外戚，后为车骑将军，大破北匈奴，登燕然山（今蒙古国境内的杭爱山），刻石记功而还。后人也以燕然代指边塞。

卢照邻

约630—约689，字升之，号幽忧子，范阳（今北京大兴）人。“初唐四杰”之一。

和吴侍御被使燕然[①]

春归龙塞北[②]，骑指雁门垂[③]。
胡笳折杨柳[④]，汉使采燕支[⑤]。
戍城聊一望，花雪几参差。
关山有新曲，应向笛中吹。

①侍御：官名，即侍御史。

②龙塞：卢龙城，在今河北遵化喜峰口附近，为汉代右北平郡所在地。

③雁门：关塞名，在今山西代县。

④胡笳：我国古代北方民族的管乐器，流行于内蒙古和新疆伊犁、阿勒泰地区。折杨柳：乐府横吹曲辞名。

⑤燕支：草名，可做红色染料。

陇头水①

陇阪高无极②，征人一望乡。
关河别去水，沙塞断归肠。
马系千年树，旌悬九月霜③。
从来共呜咽，皆是为勤王④。

①陇头水：陇山（今宁夏、陕西和甘肃交界处）有清水注下，谓之陇头水。亦为乐府横吹曲辞名。

②阪：同“坂”，山坡。

③旌：古代旗杆顶上用羽毛或牦牛尾做装饰的旗子。

④勤王：君王有难，臣下起兵救援。

上之回[①]

回中道路险[②]，萧关烽候多[③]。

五营屯北地[④]，万乘出西河[⑤]。

单于拜玉玺[⑥]，天子按雕戈[⑦]。

振旅汾川曲[⑧]，秋风横大歌。

①上之回：乐府鼓吹曲辞名。

②回中：关中平原与陇东高原之间的通道。

③萧关：关中四大关隘之一，在今宁夏固原东南。烽候：烽火台。

④北地：古郡名，今宁夏固原东南。

⑤乘：音 shèng，兵车。西河：古郡名，今甘肃、宁夏东南一带。

⑥单于：匈奴首领名称。玉玺：皇帝的印章。

⑦按雕戈：息兵罢战。

⑧汾川：汾河。

雨雪曲[1]

虏骑三秋入，关云万里平。
雪似胡沙暗，冰如汉月明。
高阙银为阙[2]，长城玉作城。
节旄零落尽[3]，天子不知名。

①雨雪曲：乐府横吹曲辞名。

②阙：指帝王的住所。

③节旄：旌节上用以装饰的牦牛尾。

战城南[1]

将军出紫塞[2]，冒顿在乌贪[3]。
笳喧雁门北，阵翼龙城南。
雕弓夜宛转[4]，铁骑晓参驔[5]。
应须驻白日[6]，为待战方酣。

①战城南：乐府鼓吹曲辞名。

②紫塞：指北方关塞。

③冒顿：音 mò dú，匈奴单于。乌贪：汉代西域乌贪訾离国的省称，在今新疆伊犁河流域。

④雕弓：雕刻有花纹的弓。

⑤驔：音 diàn，黄色脊毛的黑马。

⑥驻白日：见《淮南子》中典故："鲁阳公与韩构难，战酣，日暮，援戈而挥之，日为之反三舍。"

紫骝马[1]

骝马照金鞍，转战入皋兰[2]。
塞门风稍急，长城水正寒。
雪暗鸣珂重[3]，山长喷玉难[4]。
不辞横绝漠，流血几时干。

①紫骝马：乐府横吹曲辞名。

②皋兰：县名，在甘肃。亦是山名，在甘肃兰州。

③鸣珂：为马做装饰的玉。

④喷玉：马鼓鼻喷气的状态。

王　勃

约 649 — 约 676，字子安，绛州龙门（今山西河津）人。“初唐四杰”之一。

陇西行[①]（十首选一）

其九

更欲奏屯田[②]，不必勒燕然。

古人薄军旅，千载谨边关。

①陇西行：乐府相和歌辞名。

②屯田：利用士兵垦荒种田。

杨 炯

约 650 — 约 693，华州华阴（今陕西华阴）人。“初唐四杰”之一。

从军行[1]

烽火照西京[2]，心中自不平。
牙璋辞凤阙，铁骑绕龙城。
雪暗凋旗画，风多杂鼓声。
宁为百夫长[3]，胜作一书生。

①从军行：乐府相和歌辞名。

②西京：长安。

③百夫长：军队中的下级军官。

战城南

塞北途辽远，城南战苦辛。
幡旗如鸟翼，甲胄似鱼鳞。
冻水寒伤马，悲风愁杀人。
寸心明白日，千里暗黄尘。

郭 震

656—713，字元振，以字行，并州阳曲（今山西省太原市阳曲县）人，生于魏州贵乡（今属河北邯郸）。唐朝名将、宰相。

塞 上[1]

塞外虏尘飞，频年出武威[2]。
死生随玉剑，辛苦向金微[3]。
久戍人将老，长征马不肥。
仍闻酒泉郡[4]，已合数重围。

①塞上：乐府横吹曲辞名。

②武威：甘肃武威，古称凉州。

③金微：古山名，今阿尔泰山，在中国新疆北部和蒙古西部。

④酒泉：位于甘肃，古称肃州。

崔　融

653—706,字安成,齐州全节(今属山东济南)人。

关山月①

月生西海上,气逐边风壮。

万里度关山,苍茫非一状。

汉兵开郡国,胡马窥亭障。

夜夜闻悲笳,征人起南望。

①关山月:乐府横吹曲辞名。

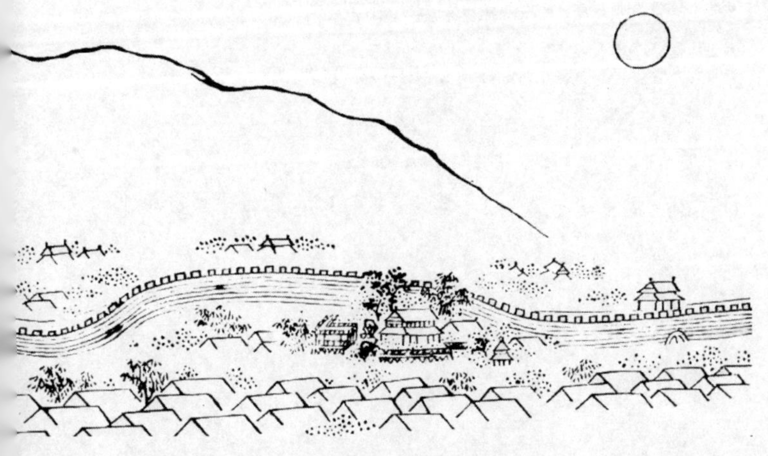

骆宾王

约 622 — 约 684，字观光，婺州义乌（今浙江义乌）人。“初唐四杰”之一。

从军行

平生一顾重[①]，意气溢三军。
野日分戈影，天星合剑文。
弓弦抱汉月，马足践胡尘。
不求生入塞[②]，唯当死报君。

①一顾：此处指君恩。

②不求生入塞：东汉军事家、外交家班超曾有“但愿生入玉门关”之句。

在军登城楼

城上风威冷，江中水气寒。
戎衣何日定[①]，歌舞入长安。

①戎衣：《尚书·武成》：“一戎衣，天下大定。”指军队或战事。

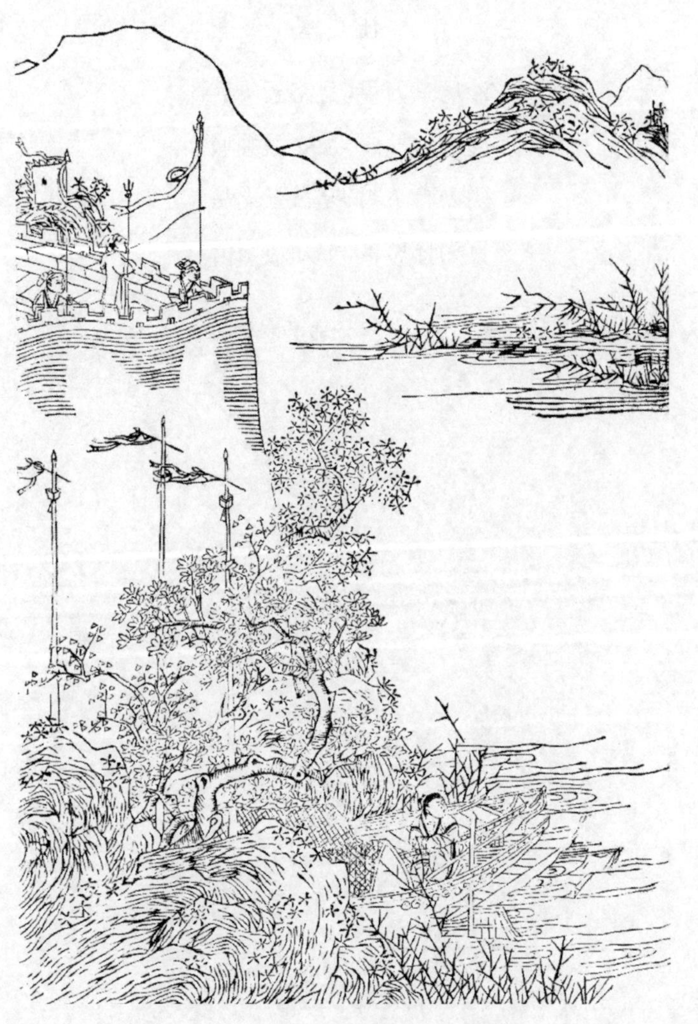

乔 备

生卒年不详，同州冯翊（今陕西大荔附近）人。

出 塞

沙场三万里，猛将五千兵。
旌断冰溪戍，笳吹铁关城[1]。
阴云暮下雪，寒日昼无晶。
直为怀恩苦，谁知边塞情。

①铁关：此处指铁门关，在新疆焉耆以西。

刘希夷

约 651— 约 680，字延之（一作庭芝），河南汝州人。

入　塞[①]

将军陷虏围，边务息戎机[②]。
霜雪交河尽[③]，旌旗入塞飞。
晓光随马度，春色伴人归。
课绩朝明主[④]，临轩拜武威。

①入塞：乐府横吹曲辞名。

②戎机：用兵作战的时机。

③交河：交河故城，唐朝在此设安西都护府，在今新疆吐鲁番市高昌区。

④课绩：考核的政绩。

陈子昂

约 661— 约 702,字伯玉,梓州射洪(今属四川)人。初唐积极浪漫主义诗歌的开拓者。

感遇诗(三十八首选一)

其三十五

本为贵公子,平生实爱才。
感时思报国,拔剑起蒿莱①。
西驰丁零塞②,北上单于台③。
登山见千里,怀古心悠哉。
谁言未忘祸,磨灭成尘埃。

①蒿莱:野草。

②丁零:我国北方古代民族名。

③单于台:故址在今内蒙古呼和浩特市西。

居延海树闻莺同作[①]

边地无芳树，莺声忽听新。
间关如有意，愁绝若怀人。
明妃失汉宠[②]，蔡女没胡尘[③]。
坐闻应落泪，况忆故园春。

①居延海：湖泊名，在今内蒙古自治区阿拉善盟额济纳旗。

②明妃：王昭君，汉元帝时宫女，为和亲嫁给呼韩邪单于。

③蔡女：蔡文姬，东汉时才女，曾被匈奴掳走，在域外生活了十二年。

送魏大从军

匈奴犹未灭，魏绛复从戎[①]。
怅别三河道[②]，言追六郡雄[③]。
雁山横代北[④]，狐塞接云中[⑤]。
勿使燕然上，惟留汉将功。

①魏绛：春秋时晋国大夫，曾提出并实施和戎之策，收到成效。

②三河：河东、河内、河南称为三河，大致为黄河的中段流域。

③六郡：指甘肃东部、陕西西部及宁夏、内蒙古南部地区。

④代北：指代州以北，今山西代县。

⑤狐塞：飞狐塞的省称，在今河北涞源县。云中：郡名，今山西大同。

送著作佐郎崔融等从梁王东征[①]

金天方肃杀[②]，白露始专征[③]。
王师非乐战，之子慎佳兵[④]。
海气侵南部[⑤]，边风扫北平[⑥]。
莫卖卢龙塞，归邀麟阁名[⑦]。

①著作佐郎：官名，职责为编修国史。梁王：武三思，武则天之侄。

②金天：秋天。肃杀：万物凋萎。

③白露：秋季第三个节气。

④佳兵：锐利的武器。《老子》中有“夫佳兵者，不祥之器”语。

⑤南部：指叛乱南侵的东北契丹族部落。

⑥北平：郡名。

⑦麟阁：麒麟阁，西汉宣帝曾将名臣画像列于此阁。

张　说

667—730,字道济,或字说之,原籍范阳(今河北涿州),迁居河南洛阳。

破阵乐[1](二首选一)

其　二

少年胆气凌云,共许骁雄出群。
匹马城西挑战,单刀蓟北从军[2]。
一鼓鲜卑送款[3],五饵单于解纷[4]。
誓欲成名报国,羞将开阁论勋。

①破阵乐:乐府商调曲名,亦是唐舞曲名。
②蓟北:唐朝幽州、蓟州一带,今河北北部地区。
③鲜卑:游牧民族,曾在北方建立过多个政权。
④五饵:泛指笼络少数民族的策略。

巡边在河北作

去年六月西河西,今年六月北河北。
沙场碛路何为尔[1],重气轻生知许国。
人生在世能几时,壮年征战发如丝。
会待安边报明主,作颂封山也未迟。

①碛:音 qì,沙漠。何为尔:为何如此。

沈佺期

约656—约715，字云卿，相州内黄（今河南内黄）人。律诗体制定型的代表诗人。

被试出塞

十年通大漠，万里出长平①。
寒日生戈剑，阴云拂旆旌。
饥乌啼旧垒，疲马恋空城。
辛苦皋兰北，胡霜损汉兵。

①长平：地名，在今山西高平市。

陇头水

陇山飞落叶，陇雁度寒天。
愁见三秋水，分为两地泉。
西流入羌郡①，东下向秦川②。
征客重回首，肝肠空自怜。

①羌：我国古代西部的民族。

②秦川：泛指今陕西关中平原地带。

杂诗（三首选一）

其　三

闻道黄龙戍[①]，频年不解兵。

可怜闺里月，长在汉家营。

少妇今春意，良人昨夜情[②]。

谁能将旗鼓，一为取龙城。

①黄龙戍：关塞名，在今辽宁开原市西北。

②良人：丈夫。

郑 愔

?—710，字文靖，河北沧县（今河北沧州）人。

胡笳曲[①]

汉将留边朔，遥遥岁序深。
谁堪牧马思，正是胡笳吟。
曲断关山月，声悲雨雪阴。
传书问苏武[②]，陵也独何心[③]。

①胡笳曲：乐府琴曲杂辞名。

②苏武：字子卿，陕西西安人。天汉元年（前100），汉武帝遣苏武以中郎将身份出使匈奴。苏武遭遇变故，被匈奴扣押，虽被威逼利诱，然历尽艰辛，持节不屈，被流放之北海（今贝加尔湖）牧羊。始元六年（前81），获释归汉，其节操为后世称赞。

③陵：李陵，西汉名将，李广长孙，天汉二年（前99），出征匈奴，因寡不敌众，兵败投降。

刘庭琦

唐开元（713—741）时人，生卒年不详，沛国相县（今安徽濉溪）人。

从　军

朔风吹寒塞[①]，胡沙千万里。
陈云出岱山，孤月生海水。
决胜方求敌，衔恩本轻死。
萧萧牧马鸣，中夜拔剑起。

①朔风：北方的风。

贺知章

659—744,字季真,号四明狂客,越州永兴(今浙江萧山)人。

送人之军

常经绝脉塞①,复见断肠流②。
送子成今别,令人起昔愁。
陇云晴半雨,边草夏先秋。
万里长城寄,无贻汉国忧③。

①脉塞:指长城险塞。

②断肠流:指陇头流水。《陇头歌辞》:“陇头流水,鸣声幽咽。遥望秦川,心肝断绝。”

③贻:遗留。

崔国辅

678—755，吴郡（今江苏苏州）人，一说山阴（今浙江绍兴）人。诗以五绝著称。

从军行

塞北胡霜下，营州索兵救[①]。
夜里偷道行，将军马亦瘦。
刀光照塞月，阵色明如昼。
传闻贼满山，已共前锋斗。

①营州：在今辽宁朝阳一带。

卢 象

741 年前后在世，字纬卿，汶水（今属山东）人。

杂诗（二首选一）

其 一

家居五原上[①]，征战是平生。
独负山西勇，谁当塞下名。
死生辽海战[②]，雨雪蓟门行[③]。
诸将封侯尽，论功独不成。

①五原：唐朝设盐州，又称五原，在今陕西定边县。

②辽海：泛指今辽宁东南一带。

③蓟门：蓟门关，亦泛指今天津蓟州区一带。

王 维

701—761，字摩诘，号摩诘居士，河东蒲州（今山西运城）人，祖籍山西祁县。盛唐著名诗人、画家，尤通音律。

出 塞

居延城外猎天骄[①]，白草连天野火烧。

暮云空碛时驱马，秋日平原好射雕。

护羌校尉朝乘障[②]，破虏将军夜渡辽[③]。

玉靶角弓珠勒马[④]，汉家将赐霍嫖姚[⑤]。

①居延：中国古代西北地区的军事重镇，故址在今内蒙古额济纳旗东南。

②护羌校尉：武将官名。乘障：同“乘鄣”，登城防御。

③破虏将军：武将官名。

④玉靶角弓：用玉石镶把柄的剑和用牛角装饰的弓。珠勒马：配有珠饰马络头的马。

⑤霍嫖姚：霍去病，汉武帝时军事将领，历嫖姚校尉、嫖姚将军，封冠军侯，曾率军大破匈奴。

从军行

吹角动行人，喧喧行人起。
笳悲马嘶乱，争渡金河水[1]。
日暮沙漠陲，战声烟尘里。
尽系名王颈[2]，归来献天子。

①金河：今名大黑河，在今内蒙古呼和浩特市南。

②名王：此处指匈奴首领。

陇头吟[1]

长安少年游侠客，夜上戍楼看太白[2]。
陇头明月迥临关，陇上行人夜吹笛。
关西老将不胜愁[3]，驻马听之双泪流。
身经大小百余战，麾下偏裨万户侯[4]。
苏武才为典属国[5]，节旄落尽海西头。

①陇头吟：乐府横吹曲辞名。

②戍楼：边防驻军用于防守、瞭望的城楼。太白：即金星，古时候认为太白是西方之星。

③关西：函谷关以西的地区。

④偏裨：偏将、副将。万户侯：食邑万户的爵位。

⑤典属国：官名，负责少数民族事务。

陇西行

十里一走马，五里一扬鞭。
都护军书至[①]，匈奴围酒泉。
关山正飞雪，烽戍断无烟。

①都护：官名。唐朝在边境设六大都护府，管理边防、行政和各族事务，其长官称为大都护或都护。

少年行[①]（四首选二）

其　二

出身仕汉羽林郎[②]，初随骠骑战渔阳[③]。
孰知不向边庭苦[④]，纵死犹闻侠骨香。

其　三

一身能擘两雕弧[⑤]，虏骑千重只似无。
偏坐金鞍调白羽[⑥]，纷纷射杀五单于[⑦]。

①少年行：乐府杂曲歌辞名。

②羽林郎：皇家禁卫军的主管官。

③渔阳：地名，渔阳县，在今天津蓟州区。

④孰知：深知，熟知。

⑤擘：音 bāi，同“掰”，以手分开。雕弧：有彩画雕饰的弓。

⑥白羽：古代军中主帅所执的指挥旗。

⑦五单于：指匈奴首领，分别为呼韩邪、屠耆、呼揭、车犁、乌藉。

使至塞上

单车欲问边[1]，属国过居延[2]。
征蓬出汉塞，归雁入胡天。
大漠孤烟直，长河落日圆。
萧关逢候骑[3]，都护在燕然。

①问：慰问。

②属国：一种为安置归附的边疆民族而设置的行政建制。

③候骑：负责侦察、通信的骑兵。

送韦评事[1]

欲逐将军取右贤[2]，沙场走马向居延。
遥知汉使萧关外，愁见孤城落日边。

①评事：官名，大理寺属员。

②右贤：右贤王的省称，匈奴贵族称号。

渭城曲[1]

渭城朝雨浥轻尘[2]，客舍青青柳色新。
劝君更尽一杯酒，西出阳关无故人[3]。

①渭城：咸阳古城。渭城曲，乐府杂曲歌辞名。

②浥：润湿。

③阳关：关隘名，位于甘肃敦煌市西南。

送张判官赴河西[1]

单车曾出塞，报国敢邀勋。

见逐张征虏，今思霍冠军。

沙平连白雪，蓬卷入黄云。

慷慨倚长剑，高歌一送君。

①判官：地方长官的僚属，佐理政务。河西：河西走廊，在甘肃。

送赵都督赴代州得青字[1]

天官动将星[2]，汉上柳条青。

万里鸣刁斗[3]，三军出井陉[4]。

忘身辞凤阙，报国取龙庭。

岂学书生辈，窗间老一经。

①都督：地方军政长官。得青字：古人相约赋诗，规定一些字为韵，各人分拈韵字，依韵而赋。

②天官：星相术语。将星：命理学术语。

③刁斗：一种底有三足、旁有持柄的炊具，军队夜间可用于敲击巡更。

④井陉：关隘名，秦汉时为军事要地，在今河北井陉东北。

崔 颢

704 — 754，汴州（今河南开封）人。

送单于裴都护赴西河[1]

征马去翩翩，城秋月正圆。
单于莫近塞，都护欲临边。
汉驿通烟火，胡沙乏井泉。
功成须献捷，未必去经年。

①单于：此处为唐朝都护府名，在今内蒙古和林格尔县。

雁门胡人歌

高山代郡东接燕，雁门胡人家近边。
解放胡鹰逐塞鸟，能将代马猎秋田。
山头野火寒多烧，雨里孤峰湿作烟。
闻道辽西无斗战，时时醉向酒家眠。

祖　咏

699 — 746，河南洛阳人。

望蓟门

燕台一望客心惊，箫鼓喧喧汉将营。
万里寒光生积雪，三边曙色动危旌①。
沙场烽火连胡月，海畔云山拥蓟城。
少小虽非投笔吏②，论功还欲请长缨③。

①三边：指幽、并、凉三州。
危旌：高挂的旗帜。
②投笔吏：这里用班超“投笔从戎”典故。
③长缨：这里用“终军请缨”典故。

李　颀

约 690 —约 751，赵郡（今河北赵县）人。

古从军行

白日登山望烽火，黄昏饮马傍交河。
行人刁斗风沙暗，公主琵琶幽怨多。
野云万里无城郭，雨雪纷纷连大漠。
胡雁哀鸣夜夜飞，胡儿眼泪双双落。
闻道玉门犹被遮[①]，应将性命逐轻车[②]。
年年战骨埋荒外，空见蒲桃入汉家[③]。

①玉门：关名，在今甘肃酒泉。

②轻车：汉代将军名号，此处指李广从弟李蔡。

③蒲桃：葡萄。

塞下曲[1]

少年学骑射，勇冠并州儿[2]。
直爱出身早，边功沙漠垂。
戎鞭腰下插，羌笛雪中吹。
膂力今应尽，将军犹未知。

①塞下曲：乐府横吹曲辞名。

②并州：古州名，其地约在今山西太原、大同和河北保定一带。

储光羲

约 706 — 763，润州延陵（今江苏金坛）人，祖籍山东兖州。田园山水诗派代表诗人之一。

关山月

一雁过连营，繁霜覆古城。
胡笳在何处，半夜起边声。

陇头水送别

相送陇山头，东西陇水流。
从来心胆盛，今日为君愁。
暗雪迷征路，寒云隐戍楼。
唯余旌旆影，相逐去悠悠。

王昌龄

698 — 757,字少伯,京兆(今陕西西安)人,一说河东晋阳(今山西太原)人。盛唐著名边塞诗人。

变行路难[①]

向晚横吹悲,风动马嘶合。
前驱引旗节,千里阵云匝。
单于下阴山[②],砂砾空飒飒。
封侯取一战,岂复念闺阁。

①变行路难:行路难是乐府杂曲歌辞名,此诗是用乐府杂曲歌辞题写边塞题材,所以题为“变行路难”。

②阴山:山名,即今内蒙古中部山脉。

出塞(二首选一)

其 一

秦时明月汉时关,万里长征人未还。
但使龙城飞将在[①],不教胡马度阴山。

①飞将:汉武帝时将领李广。

从军行

大将军出战，白日暗榆关[①]。

三面黄金甲，单于破胆还。

①榆关：山海关。

从军行（七首选四）

其　一

烽火城西百尺楼，黄昏独上海风秋。

更吹羌笛关山月[①]，无那金闺万里愁[②]。

其　二

琵琶起舞换新声，总是关山旧别情。

撩乱边愁听不尽，高高秋月照长城。

其　四

青海长云暗雪山，孤城遥望玉门关。

黄沙百战穿金甲，不破楼兰终不还。

其　五

大漠风尘日色昏，红旗半卷出辕门。

前军夜战洮河北[③]，已报生擒吐谷浑[④]。

①羌笛：羌族人的竹制乐器。

②无那：无奈。

③洮河：河名，在甘肃西南部。

④吐谷浑：我国古代少数民族之一，主要聚居在今青海北部、新疆东南部。

胡笳曲

城南虏已合，一夜几重围。
自有金笳引，能沾出塞衣。
听临关月苦，清入海风微。
三奏高楼晓，胡人掩涕归。

塞下曲（四首选二）

其　一

蝉鸣空桑林，八月萧关道。
出塞入塞寒，处处黄芦草。
从来幽并客[①]，皆共尘沙老。
莫学游侠儿，矜夸紫骝好[②]。

其　二

饮马渡秋水，水寒风似刀。
平沙日未没，黯黯见临洮[③]。
昔日长城战，咸言意气高。
黄尘足今古，白骨乱蓬蒿。

①幽并：幽州和并州，其中幽州位于今河北北部。

②紫骝：骏马名。

③黯：阴暗。临洮：地名，在甘肃定西。

少年行（二首选一）

其　一

西陵侠少年，送客短长亭。

青槐夹两道，白马如流星。

闻道羽书急[①]，单于寇井陉。

气高轻赴难，谁顾燕山铭。

①羽书：征调军队的文书，上插羽毛，以示紧急。

常　建

708—765,字号不详,邢州(今河北邢台)人。

塞下曲(四首选一)

其　一

玉帛朝回望帝乡,乌孙归去不称王[②]。

天涯静处无征战,兵气销为日月光。

①乌孙:游牧民族名称,曾在西域建立行国,位于巴尔喀什湖、伊犁河流域。

刘长卿

?—约790，字文房，河北河间人。长于五言，自称"五言长城"。

从军行六首

其　一

回看虏骑合，城下汉兵稀。
白刃两相向，黄云愁不飞。
手中无尺铁，徒欲突重围。

其　二

目极雁门道，青青边草春。
一身事征战，匹马同苦辛。
末路成白首，功归天下人。

其　三

倚剑白日暮，望乡登戍楼。
北风吹羌笛，此夜关山愁。
回首不无意，滹河空自流[①]。

其　四

黄沙一万里，白首无人怜。
报国剑已折，归乡身幸全。
单于古台下，边色寒苍然。

其　五

落日更萧条，北风动枯草。

将军追虏骑，夜失阴山道。

战败犹树勋，韩彭但空老[②]。

其　六

草枯秋塞上，望见渔阳郭。

胡马嘶一声，汉兵泪双落。

谁为吮疮者[③]，此事今人薄。

①滹河：滹沱河，主要流域在今河北献县。

②韩彭：韩信、彭越的并称，两人均为西汉初年军事将领。

③吮疮者：指汉将李广爱恤兵士的行为。

代边将有怀

少年辞魏阙[①]，白首向沙场。

瘦马恋秋草，征人思故乡。

暮笳吹塞月，晓甲带胡霜。

自到云中郡[②]，于今百战强。

①魏阙：宫门上的观楼，用作朝廷的代称。

②云中郡：在今山西大同与朔州一带。

平蕃曲[1]三首

其　一

吹角报蕃营，回军欲洗兵。
已教青海外[2]，自筑汉家城。

其　二

渺渺戍烟孤，茫茫塞草枯。
陇头那用闭，万里不防胡。

其　三

绝漠大军还，平沙独戍闲。
空留一片石，万古在燕山。

①平蕃曲：新乐府辞名。

②青海：青海湖，位于青海省。

王　翰

687—726,字子羽,并州晋阳(今属山西太原)人。

凉州词[①]二首

其　一

葡萄美酒夜光杯[②],欲饮琵琶马上催。
醉卧沙场君莫笑,古来征战几人回。

其　二

秦中花鸟已应阑[③],塞外风沙犹自寒。
夜听胡笳折杨柳,教人意气忆长安。

①凉州词:乐府杂曲歌辞名。

②夜光杯:以玉石为材质制作的酒杯,出自西域。

③秦中:陕西关中地区。阑:残,尽。

李希仲

生卒年不详，赵郡（今河北赵县）人。

蓟北行二首

其　一

旄头有精芒[①]，胡骑猎秋草。
羽檄南渡河[②]，边庭用兵早。
汉家爱征战，宿将今已老。
辛苦羽林儿，从戎榆林道[③]。

其　二

一身救边速，烽火通蓟门。
前军飞鸟断，格斗尘沙昏。
寒日鼓声急[④]，单于夜将奔。
当须徇忠义，身死报国恩。

①精芒：光芒。

②羽檄：古代军事文书，插羽毛以示紧急。

③榆林：地名，在陕西北部。

④寒日：寒食节，农历清明的前一日。

孟浩然

689 —740，襄州襄阳（今湖北襄阳）人。其诗风在盛唐诗人中别具一格。

凉州词二首

其　一

浑成紫檀金屑文[①]，作得琵琶声入云。
胡地迢迢三万里，那堪马上送明君[②]。

其　二

异方之乐令人悲，羌笛胡笳不用吹。
坐看今夜关山月，思杀边城游侠儿。

①紫檀金屑文：有金屑纹的紫檀木。

②明君：指王昭君。

李　白

701—762，字太白，号青莲居士，又号谪仙人。生于剑南道绵州昌隆县青莲乡（今属四川江油）。唐代伟大的浪漫主义诗人，被后人誉为“诗仙”。

从军行

百战沙场碎铁衣，城南已合数重围。
突营射杀呼延将[①]，独领残兵千骑归。

①呼延将：指境外少数民族军将。

从军行

从军玉门道，逐虏金微山。
笛奏梅花曲[①]，刀开明月环。
鼓声鸣海上，兵气拥云间。
愿斩单于首，长驱静铁关。

①梅花曲：即《梅花落》，竹笛之曲。唐朝大角曲中有《大梅花》《小梅花》。

观胡人吹笛

胡人吹玉笛，一半是秦声。
十月吴山晓，梅花落敬亭。
愁闻出塞曲，泪满逐臣缨。
却望长安道，空怀恋主情。

关山月

明月出天山，苍茫云海间。
长风几万里，吹度玉门关。
汉下白登道[1]，胡窥青海湾。
由来征战地，不见有人还。
戍客望边色，思归多苦颜。
高楼当此夜，叹息未应闲。

①白登：山名，在今山西大同。汉高祖刘邦曾被匈奴围困于此。

千里思[1]

李陵没胡沙，苏武还汉家。
迢迢五原关，朔雪乱边花。
一去隔绝国，思归但长嗟。
鸿雁向西北，因书报天涯。

①千里思：乐府杂曲歌辞名。

塞下曲（六首选三）

其　一

五月天山雪，无花只有寒。
笛中闻折柳，春色未曾看。
晓战随金鼓，宵眠抱玉鞍。
愿将腰下剑，直为斩楼兰①。

其　三

骏马似风飙，鸣鞭出渭桥②。
弯弓辞汉月，插羽破天骄③。
阵解星芒尽④，营空海雾消⑤。
功成画麟阁，独有霍嫖姚。

其　六

烽火动沙漠，连照甘泉云。
汉皇按剑起，还召李将军。
兵气天上合，鼓声陇底闻。
横行负勇气，一战净妖氛。

①楼兰：西域古国，遗址在今新疆塔克拉玛干沙漠的东部。

②渭桥：在西安西北渭水上。

③天骄：此处指匈奴。

④阵解星芒尽：战事结束后，天已经亮了。星芒，指昴星的光芒，古人认为星光出现白芒，兆示战争。星芒尽，即战事结束。

⑤海雾：西北沙漠上的雾气。指战争的气氛。

送白利从金吾董将军西征[1]

西羌延国讨[2]，白起佐军威[3]。
剑决浮云气，弓弯明月辉。
马行边草绿，旌卷曙霜飞。
抗手凛相顾[4]，寒风生铁衣。

①金吾：古官名，负责皇帝和大臣的警卫、仪仗以及徼循京师、掌管治安的武职官员。

②西羌：羌族的别支。延：引，招致。

③白起：战国时秦国军事将领。

④抗手：举手，施礼。

子夜吴歌

秋　歌

长安一片月，万户捣衣声。
秋风吹不尽，总是玉关情。
何日平胡虏，良人罢远征。

岑参

约717—约770，荆州江陵（今湖北江陵）人，郡望南阳（今属河南）。盛唐著名边塞诗人。

逢入京使

故园东望路漫漫，双袖龙钟泪不干[①]。
马上相逢无纸笔，凭君传语报平安。

①双袖龙钟：以衣袖拭泪，泪湿衣袖。

赴北庭度陇思家[①]

西向轮台万里余[②]，也知乡信日应疏。
陇山鹦鹉能言语[③]，为报家人数寄书。

①北庭：唐朝都护府名，在今新疆吉木萨尔北破城子。

②轮台：西域地名。唐朝设轮台县，在今新疆巴音郭楞蒙古自治州区域内。常泛指边塞。

③鹦鹉：《禽经》记载，鹦鹉出陇西，能言。

过 碛

黄沙碛里客行迷，四望云天直下低。

为言地尽天还尽，行到安西更向西[1]。

①安西：唐朝都护府名，在今新疆库车县区域内。

寄宇文判官

西行殊未已，东望何时还。

终日风与雪，连天沙复山。

二年领公事，两度过阳关。

相忆不可见，别来头已斑。

灭胡曲

都护新灭胡，士马气亦粗。

萧条虏尘净，突兀天山孤[1]。

①突兀：高耸。天山：祁连山，是甘肃省西部和青海省东北部边境山地的总称。

碛西头送李判官入京

一身从远使，万里向安西。

汉月垂乡泪，胡沙费马蹄。

寻河愁地尽，过碛觉天低。

送子军中饮，家书醉里题。

碛中作

走马西来欲到天，辞家见月两回圆[1]。
今夜不知何处宿，平沙万里绝人烟。

①两回圆：两个月。

送李副使赴碛西官军[1]

火山六月应更热[2]，赤亭道口行人绝[3]。
知君惯度祁连城[4]，岂能愁见轮台月。
脱鞍暂入酒家垆，送君万里西击胡。
功名只向马上取，真是英雄一丈夫。

①副使：节度使或其他官员的副职。碛西：指西域一带。

②火山：此处指火焰山，在今新疆吐鲁番。

③赤亭：在今新疆鄯善县东北。

④祁连城：十六国时前凉置祁连郡，郡城在祁连山旁，位于今甘肃张掖。

送人赴安西

上马带胡钩[①],翩翩度陇头[②]。
小来思报国,不是爱封侯。
万里乡为梦,三边月作愁。
早须清黠虏[③],无事莫经秋。

①胡钩:产于西域的一种兵器,剑身有刃,头呈弯曲状。

②陇头:陇山,在今陕西陇县,绵延至陕甘边境。

③黠虏:狡猾的外寇。

送张都尉东归[①]

白羽绿弓弦,年年只在边。
还家剑锋尽,出塞马蹄穿。
逐虏西逾海[②],平胡北到天。
封侯应不远,燕颔岂徒然[③]。

①都尉:中高级武官名。

②海:这里指青海湖。

③燕颔:形容相貌威武。史书记载,看相者曾指班超:“生燕颔虎颈,飞而食肉,此万里侯相也。”

宿铁关西馆

马汗踏成泥，朝驰几万蹄。
雪中行地角，火处宿天倪[1]。
塞迥心常怯，乡遥梦亦迷。
那知故园月，也到铁关西。

①天倪：天边。

岁暮碛外寄元㧑

西风传戍鼓，南望见前军。
沙碛人愁月，山城犬吠云。
别家逢逼岁，出塞独离群。
发到阳关白，书今远报君。

武威送刘判官赴碛西行军

火山五月行人少，看君马去急如鸟。
都护行营太白西，角声一动胡天晓。

早发焉耆，怀终南别业[1]

晓笛别乡泪，秋冰鸣马蹄。
一身虏云外，万里胡天西。
终日见征战，连年闻鼓鼙。
故山在何处，昨日梦清溪。

①焉耆：地名，在新疆焉耆县域。

高　适

704—765，字达夫，渤海蓨（今河北沧州）人。

部落曲

蕃军傍塞游，代马喷风秋。
老将垂金甲，阏支著锦裘①。
雕戈蒙豹尾，红旆插狼头。
日暮天山下，鸣笳汉使愁。

①阏支：汉代匈奴君主的正妻。

登百丈峰[1]（二首选一）

其　一

朝登百丈峰，遥望燕支道[2]。
汉垒青冥间[3]，胡天白如扫。
忆昔霍将军，连年此征讨。
匈奴终不灭，寒山徒草草[4]。
唯见鸿雁飞，令人伤怀抱。

①百丈峰：山名，在今甘肃武威市。

②燕支：山名，亦名焉支。

③汉垒：汉军营垒。青冥：形容青苍幽远，指天空。

④草草：骚扰不安的样子。

和王七玉门关听吹笛

胡人吹笛戍楼间，楼上萧条海月闲。
借问落梅凡几曲[1]，从风一夜满关山。

②落梅：此处指《梅花落》曲。

蓟门行[1]（五首选三）

其　一

蓟门逢古老，独立思氛氲[2]。
一身既零丁，头鬓白纷纷。
勋庸今已矣[3]，不识霍将军。

其　三

边城十一月，雨雪乱霏霏。
元戎号令严[4]，人马亦轻肥。
羌胡无尽日，征战几时归。

其　五

黯黯长城外，日没更烟尘。
胡骑虽凭陵[5]，汉兵不顾身。
古树满空塞，黄云愁杀人。

①蓟门行：乐府杂曲歌辞名。

②氛氲：形容思绪深长。

③勋庸：功业，功劳。

④元戎：军队的统帅、主将。

⑤凭陵：侵扰。

蓟中作

策马自沙漠，长驱登塞垣[①]。
边城何萧条，白日黄云昏。
一到征战处，每愁胡虏翻。
岂无安边书，诸将已承恩。
惆怅孙吴事[②]，归来独闭门。

①塞垣：指长城。

②孙吴：指孙武、吴起。

金城北楼[①]

北楼西望满晴空，积水连山胜画中。
湍上急流声若箭，城头残月势如弓[②]。
垂竿已羡磻溪老[③]，体道犹思塞上翁[④]。
为问边庭更何事，至今羌笛怨无穷。

①金城：金城关，在今甘肃兰州。

②残月：残缺不圆的弯月。

③磻溪：水名，在陕西宝鸡，相传姜尚在此垂钓。

④塞上翁：这里用“塞翁失马”典故。

九曲词三首

其　一

许国从来彻庙堂，连年不为在疆场。
将军天上封侯印，御史台中异姓王[①]。

其　二

万骑争歌杨柳春，千场对舞绣骐骥。
到处尽逢欢洽事，相看总是太平人。

其　三

铁骑横行铁岭头，西看逻逤取封侯[②]。
青海只今将饮马，黄河不用更防秋。

①御史台：官署名，负责纠察、弹劾官员，肃正纲纪。

②逻逤：音 luó suò，地名。唐时吐蕃的都城。

使青夷军入居庸[①]（三首选二）

其　一

匹马行将久，征途去转难。
不知边地别，只讶客衣单。
溪冷泉声苦，山空木叶干。
莫言关塞极，云雪尚漫漫。

其　二

古镇青山口，寒风落日时。
岩峦鸟不过，冰雪马堪迟。
出塞应无策，还家赖有期。
东山足松桂[②]，归去结茅茨。

①青夷军：唐代戍边军队名称，驻地在今河北怀来县东南。居庸：关名，在北京昌平区。

②东山：东晋谢安隐居之地。

送董判官

逢君说行迈，倚剑别交亲。
幕府为才子[1]，将军作主人。
近关多雨雪，出塞有风尘。
长策须当用[2]，男儿莫顾身。

①幕府：地方军政大员的府署称作幕府，幕府中的僚属称幕僚。

②长策：能起长远作用的策略。

送蹇秀才赴临洮

怅望日千里，如何今二毛[1]。
犹思阳谷去[2]，莫厌陇山高。
倚马见雄笔，随身唯宝刀。
料君终自致，勋业在临洮。

①二毛：指斑白的头发。

②阳谷：地名，在今甘肃淳化县北。

送李侍御赴安西

行子对飞蓬[1]，金鞭指铁骢[2]。
功名万里外，心事一杯中。
虏障燕支北[3]，秦城太白东[4]。
离魂莫惆怅，看取宝刀雄。

①飞蓬：被风吹动的蓬草。

②铁骢：皮毛黑色的马。

③虏障：对外防御的城池或工事。

④太白：太白山，在今陕西宝鸡市。

送刘评事充朔方判官，赋得征马嘶[1]

征马向边州，萧萧嘶不休。
思深应带别，声断为兼秋。
歧路风将远，关山月共愁。
赠君从此去，何日大刀头。

①朔方：地名，在今内蒙古河套地区，也泛指北方。

杜　甫

712—770，字子美，号少陵野老，世称杜工部、杜拾遗，祖籍湖北襄阳，生于巩县（今河南巩义）。伟大的现实主义诗人，被后人称为“诗圣”，其诗被称为“诗史”。

前出塞[1]（九首选一）

其　六

挽弓当挽强，用箭当用长。
射人先射马，擒贼先擒王。
杀人亦有限，列国自有疆。
苟能制侵陵[2]，岂在多杀伤。

①前出塞：乐府横吹曲辞名。

②陵：同“凌”，欺凌。

秦州杂诗（二十首选一）

其　七

莽莽万重山，孤城山谷间。
无风云出塞，不夜月临关。
属国归何晚，楼兰斩未还。
烟尘独长望，衰飒正摧颜。

送灵州李判官

犬戎腥四海，回首一茫茫。
血战乾坤赤，氛迷日月黄。
将军专策略，幕府盛材良。
近贺中兴主，神兵动朔方。

岁　暮

岁暮远为客，边隅还用兵。
烟尘犯雪岭[①]，鼓角动江城[②]。
天地日流血，朝廷谁请缨？
济时敢爱死，寂寞壮心惊。

①雪岭：西山，因终年积雪得名，在四川成都西面。
②江城：梓州，濒临涪江，今四川三台县。

郎士元

？—约780，字君胄，定州中山(今河北定县)人。与钱起齐名，世称“钱郎”。

送李将军赴定州①

双旌汉飞将，万里授横戈。

春色临边尽，黄云出塞多。

鼓鼙悲绝漠，烽戍隔长河。

莫断阴山路，天骄已请和。

①定州：河北定州市。

皇甫冉

约 717 — 约 770，字茂政，润州丹阳（今属江苏）人。

出 塞

吹角出塞门，前瞻即胡地。
三军尽回首，皆洒望乡泪。
转念关山长，行看风景异。
由来征戍客，各负轻生义。

王之涣

688 — 742,字季凌,并州晋阳(今属山西太原)人。盛唐著名边塞诗人。

凉州词(二首选一)

其　一

黄河远上白云间,一片孤城万仞山①。

羌笛何须怨杨柳②,春风不度玉门关。

①仞:古代长度单位,一仞等于周尺的八尺或七尺,周尺一尺约合 23 厘米。

②杨柳:《折杨柳》曲。

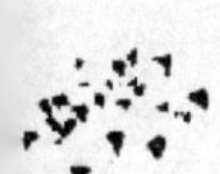

柳中庸

？—约775，名淡，字中庸，以字行，蒲州虞乡（今属山西永济）人。

凉州曲（二首选一）

其　一

关山万里远征人，一望关山泪满巾。
青海戍头空有月，黄沙碛里本无春。

征　怨

岁岁金河复玉关，朝朝马策与刀环[①]。
三春白雪归青冢[②]，万里黄河绕黑山[③]。

①马策：马鞭。

②青冢：王昭君墓，在内蒙古呼和浩特市。

③黑山：蒙古语为阿巴汉喀喇山，位于呼和浩特市东南。

严 武

726—765，字季鹰，华州华阴（今陕西华阴）人。

军城早秋

昨夜秋风入汉关，朔云边月满西山。
更催飞将追骄虏，莫遣沙场匹马还。

耿　沣

763年前后在世，字洪源，河东（今属山西永济）人。大历十才子之一。

关山月

月明边徼静，戍客望乡时。
塞古柳衰尽，关寒榆发迟。
苍苍万里道，戚戚十年悲。
今夜青楼上，还应照所思。

塞上曲

惯习干戈事鞍马，初从少小在边城。
身微久属千夫长[①]，家远多亲五郡兵[②]。
懒说疆场曾大获，且悲年鬓老长征。
塞鸿过尽残阳里，楼上凄凄暮角声。

①千夫长：武官名称，统率千人的将领。

②五郡：指河西走廊诸郡。

送王将军出塞

汉家边事重，窦宪出临戎。
绝漠秋山在，阳关旧路通。
列营依茂草，吹角向高风。
更就燕然石，行看奏虏功。

皎　然

约 720 —798 前，诗僧，俗姓谢，字清昼，湖州长城（今浙江长兴）人。

塞下曲二首

其　一

寒塞无因见落梅，胡人吹入笛声来。
劳劳亭上春应度，夜夜城南战未回。

其　二

都护今年破武威，胡沙万里鸟空飞。
旄竿瀚海扫云出，毡骑天山踏雪归。

从军行（五首选三）

其　一

候骑出纷纷，元戎霍冠军。
汉鞞秋聒地[①]，羌火昼烧云。
万里戈城合，三边羽檄分。
乌孙驱未尽，肯顾辽阳勋。

其　二

韩旆拂丹霄，汉军新破辽。
红尘驱卤簿[②]，白羽拥嫖姚。
战苦军犹乐，功高将不骄。
至今丁零塞，朔吹空萧萧。

其　三

百万逐呼韩，频年不解鞍。
兵屯绝漠暗，马饮浊河干。
破虏功未录，劳师力已殚[③]。
须防肘腋下，飞祸出无端。

①鞞：音 pí，鼙鼓。聒：形容声音嘈杂。

②卤簿：古代帝王外出时的仪仗队。

③殚：竭尽。

戎 昱

约744—约800，荆南（今湖北荆州）人。

塞下曲（六首选一）

其 六

北风凋白草，胡马日骎骎[1]。
夜后戍楼月，秋来边将心。
铁衣霜露重，战马岁年深。
自有卢龙塞，烟尘飞至今。

①骎骎：音 qīn qīn，形容马跑得很快的样子。

塞下曲

汉将归来虏塞空，旌旗初下玉关东。
高蹄战马三千匹，落日平原秋草中。

咏 史

汉家青史上[1]，计拙是和亲[2]。
社稷依明主[3]，安危托妇人。
岂能将玉貌，便拟静胡尘。
地下千年骨，谁为辅佐臣。

①青史：古代以竹简记事，后将史册称为“青史”。

②和亲：也叫和戎、和蕃。皇家女子出嫁外族首领，以此建立双方和睦关系的一种政治联姻手段。

③社稷：国家。

窦 庠

约 767 — 约 828,字胄卿,平陵(今属陕西咸阳)人。

夜行古战场

山断塞初平,人言古战庭。
泉冰声更咽,阴火焰偏青。
月落云沙黑,风回草木腥。
不知秦与汉,徒欲吊英灵。

戴叔伦

约 732 — 约 789，字幼公，润州（今江苏金坛）人。

关山月（二首选一）

其　一

月出照关山，秋风人未还。

清光无远近，乡泪半书间。

塞上曲（二首选一）

其　二

汉家旌帜满阴山，不遣胡儿匹马还。

愿得此身长报国，何须生入玉门关。

送耿十三沣复往辽海

仗剑万里去，孤城辽海东。

旌旗愁落日，鼓角壮悲风。

野迥边尘息，烽消戍垒空。

辕门正休暇[1]，投策拜元戎。

①辕门：对军营或官署的外门的称呼。

卢　纶

739—799，字允言，河中蒲州（今属山西永济）人。大历十才子之一。

和张仆射塞下曲[①]（六首选四）

其　一

鹫翎金仆姑[②]，燕尾绣蝥弧[③]。

独立扬新令，千营共一呼。

其　二

林暗草惊风，将军夜引弓。

平明寻白羽，没在石棱中。

其　三

月黑雁飞高，单于夜遁逃。

欲将轻骑逐，大雪满弓刀。

其　四

野幕敞琼筵[④]，羌戎贺劳旋[⑤]。

醉和金甲舞，雷鼓动山川。

①仆射：音 pú yè，官名，唐朝左右仆射为宰相之职。

②鹫翎金仆姑：鹫，猛禽，亦称雕。翎，羽毛。金仆姑，箭名，泛指良箭。

③燕尾绣蝥弧：燕尾，旗子上的飘带。蝥弧，旗名，军中用作

指挥的旗帜。

④琼筵：丰盛的筵席。

⑤羌戎：此处指内附唐朝的少数民族部落。

李　益

约 750 — 约 830，字君虞，陇西姑臧（今甘肃武威）人。以边塞诗负盛名。

边　思

腰悬锦带佩吴钩，走马曾防玉塞秋[1]。
莫笑关西将家子[2]，只将诗思入凉州[3]。

①玉塞：玉门关。

②关西：指函谷关以西的地区，古有关西出将之说。

③凉州：此处指乐府宫调曲《凉州》。

从军北征

天山雪后海风寒，横笛偏吹行路难[1]。
碛里征人三十万，一时回向月明看。

①行路难：乐府杂曲歌辞名。

度破讷沙二首[1]

其　一

眼见风来沙旋移，经年不省草生时。
莫言塞北无春到，总有春来何处知？

其　二

破讷沙头雁正飞，䴙鹈泉上战初归[2]。
平明日出东南地，满碛寒光生铁衣。

①破讷沙：库布齐沙漠，在内蒙古区域内。

②䴙鹈泉：音 pì tí，在今内蒙古巴彦淖尔市临河区北。

赴邠宁留别[1]

身承汉飞将，束发即言兵[2]。
侠少何相问，从来事不平。
黄云断朔吹，白雪拥沙城。
幸应边书募，横戈会取名。

①邠宁：今陕西彬州市。

②束发：指男子 15 岁至 20 岁。

过五原胡儿饮马泉

绿杨著水草如烟[①]，旧是胡儿饮马泉。
几处吹笳明月夜，何人倚剑白云天。
从来冻合关山路，今日分流汉使前。
莫遣行人照容鬓，恐惊憔悴入新年。

①著水：垂拂水面。

拂云堆[①]

汉将新从虏地来，旌旗半上拂云堆。
单于每近沙场猎，南望阴山哭始回。

①拂云堆：古地名，在今内蒙古包头西北。

暮过回乐烽[①]

烽火高飞百尺台[②]，黄昏遥自碛西来。
昔时征战回应乐，今日从军乐未回。

①回乐：唐朝有回乐县，在今宁夏灵武市区域内。
②百尺台：烽火台。

塞下曲

伏波惟愿裹尸还[1]，定远何须生入关。

莫遣只轮归海窟[2]，仍留一箭射天山[3]。

①伏波：马援，东汉光武帝时将领，被封为伏波将军。

②只轮：一辆战车。海窟：西北沙漠深处的内陆湖，代指故人老巢。

③射天山：这里用唐朝将领薛仁贵三箭定天山的典故。

塞下曲（四首选二）

其　一

蕃州部落能结束[1]，朝暮驰猎黄河曲。

燕歌未断塞鸿飞，牧马群嘶边草绿。

其　二

秦筑长城城已摧，汉武北上单于台[2]。

古来征战虏不尽，今日还复天兵来。

①蕃州：指少数民族所在的地区。唐代为少数民族设置的羁縻州。

②汉武：汉武帝。

上黄堆烽[1]

心期紫阁山中月[2]，身过黄堆烽上云。

年发已从书剑老，戎衣更逐霍将军。

①黄堆烽：边塞烽火台名，其地不详。陕西大荔县西有黄堆山。

②紫阁：金碧辉煌的殿阁，也指仙人或隐士的居所。

送柳判官赴振武[1]

边庭汉仪重，旌甲似云中。

虏地山川壮，单于鼓角雄。

关寒塞榆落，月白胡天风。

君逐嫖姚将，麒麟有战功。

①振武：唐方镇名，治所在单于都护府，今内蒙古和林格尔县西北。

听晓角

边霜昨夜堕关榆，吹角当城汉月孤。

无限塞鸿飞不度，秋风卷入小单于[1]。

①小单于：曲调名，唐朝乐府大角曲有《大单于》《小单于》。

夜上受降城闻笛[①]

回乐峰前沙似雪，受降城外月如霜。

不知何处吹芦管[②]，一夜征人尽望乡。

①受降城：唐朝为防备突厥，设有东、西、中三个受降城，东城位于内蒙古呼和浩特市，西城位于内蒙古巴彦淖尔市，中城位于内蒙古包头市。

②芦管：胡人乐器。

夜上西城听凉州曲[①]二首

其　一

行人夜上西城宿，听唱凉州双管逐[②]。

此时秋月满关山，何处关山无此曲。

其　二

鸿雁新从北地来，闻声一半却飞回。

金河戍客肠应断[③]，更在秋风百尺台。

①西城：西受降城。

②双管：双笛。逐：此处指以乐声配合歌词。

③金河：唐朝设置金河县，在今内蒙古呼和浩特市南面。

夜宴观石将军舞

微月东南上戍楼，琵琶起舞锦缠头。

更闻横笛关山远，白草胡沙西塞秋。

李 端

？—约785，字正己，号衡岳幽人，赵州（今河北赵县）人。大历十才子之一。

度关山[①]

雁塞日初晴[②]，狐关雪复平[③]。
危楼缘广漠[④]，古窦傍长城[⑤]。
拂剑金星出[⑥]，弯弧玉羽鸣。
谁知系虏者，贾谊是书生[⑦]。

①度关山：乐府相和曲名。

②雁塞：梁州（今陕西汉中一带）有雁塞山。泛指北方边塞。

③狐关：指飞狐关，在今河北蔚县。

④危楼：高楼。

⑤窦：水道。

⑥金星：太阳系行星之一，古时称为启明、太白。

⑦贾谊：西汉初年政论家、文学家。

关山月

露湿月苍苍，关头榆叶黄。

回轮照海远，分彩上楼长。

水冻频移幕，兵疲数望乡。

只应城影外，万里共胡霜。

千里思

凉州风月美，遥望居延路。

泛泛下天云，青青缘塞树。

燕山苏武上，海岛田横住[1]。

更是草生时，行人出门去。

①田横：秦末起义首领，原为齐国贵族。西汉初逃亡到一小岛居住，后自杀而亡。

雨雪曲

天山一丈雪，杂雨夜霏霏。

湿马胡歌乱，经烽汉火微。

丁零苏武别，疏勒范羌归[1]。

若看关头下，长榆叶定稀。

①疏勒：西域古国，位于今新疆喀什地区。范羌：西汉将领。

杨 凌

大历年间(766 —779)人,字恭履,弘农(今属河南灵宝)人。

北行留别

日日山川烽火频,山河重起旧烟尘。

一生孤负龙泉剑[1],羞把诗书问故人。

①龙泉剑:宝剑名,又名龙渊剑。

司空曙

约 720 — 约 790,字文明,一作文初,广平(今河北永年)人。大历十才子之一。

关山月

苍茫明月上,夜久光如积。
野幕冷胡霜,关楼宿边客。
陇头秋露暗,碛外寒沙白。
唯有故乡人,沾裳此闻笛。

塞下曲

寒柳接胡桑,军门向大荒。
幕营随月魄,兵气长星芒。
横吹催春酒[①],重裘隔夜霜。
冰开不防虏,青草满辽阳。

①横吹:横吹曲,军中之乐,于马上所奏。

王建

768—835，字仲初，颍川（今属河南）人。

塞上

漫漫复凄凄，黄沙暮渐迷。
人当故乡立，马过旧营嘶。
断雁逢冰碛，回军占雪溪。
夜来山下哭，应是送降奚。

李　约

751—810,字存博,号萧斋,宋州宋城(今属河南商丘)人。

从军行(三首选一)

其　二

栅壕三面斗[1],箭尽举烽频。

营柳和烟暮,关榆带雪春。

边城多老将,碛路少归人。

杀尽金河卒,年年添塞尘。

①栅壕:军营外用于防御的栅栏和壕沟。

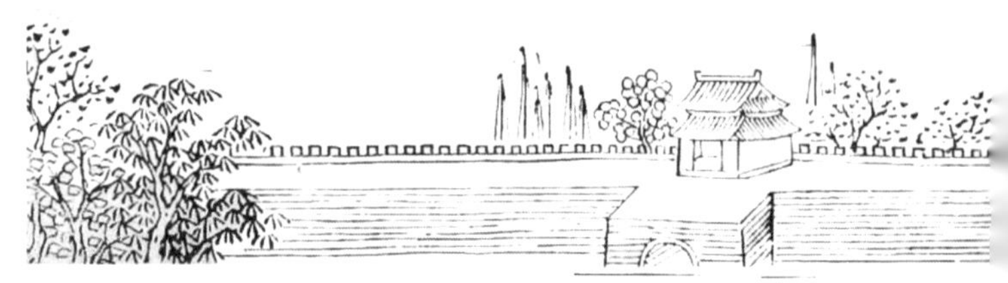

于 鹄

？— 约 814，字子漪，隐居汉阳，曾为诸府从事。

出塞（三首选一）

其 二

微雪军将出，吹笳天未明。

观兵登古戍，斩将对双旌。

分阵瞻山势①，潜兵制马鸣②。

如今青史上，已有灭胡名。

①瞻山势：战阵名。

②制：约束。

武元衡

758—815,字伯苍,河南缑氏(今属河南偃师)人。

单于晓角[①]

胡儿吹角汉城头,月皎霜寒大漠秋。

三奏未终天便晓,何人不起望乡愁。

①单于:此处为都护府名。

权德舆

759 —818，字载之，天水略阳（今属甘肃秦安）人。

赠老将

白草黄云塞上秋，曾随骠骑出并州。

辘轳剑折虬须白①，转战功多独不侯。

①辘轳：剑名，剑首以玉作辘轳形为装饰。虬须：蜷曲的胡子。

杨巨源

约 755 —? ,字景山,河中治所(今属山西永济)人。

长城闻笛

孤城笛满林,断续共霜砧。

夜月降羌泪,秋风老将心。

静过寒垒遍,暗入故关深。

惆怅梅花落,山川不可寻。

令狐楚

766—837,字悫士,号白云孺子,甘肃敦煌人。

从军词五首

其　一

荒鸡隔水啼,汗马逐风嘶。
终日随征旆,何时罢鼓鼙。

其　二

孤心眠夜雪,满眼是秋沙。
万里犹防塞,三年不见家。

其　三

却望冰河阔,前登雪岭高。
征人几多在,又拟战临洮。

其　四

胡风千里惊,汉月五更明。
纵有还家梦,犹闻出塞声。

其　五

暮雪连青海,阴霞覆白山。
可怜班定远,生入玉门关。

塞下曲二首

其　一

雪满衣裳冰满须，晓随飞将伐单于。
平生意气今何在，把得家书泪似珠。

其　二

边草萧条塞雁飞，征人南望泪沾衣。
黄尘满面长须战，白发生头未得归。

少年行（四首选二）

其　二

家本清河住五城，须凭弓箭得功名。
等闲飞鞚秋原上[1]，独向寒云试射声。

其　三

弓背霞明剑照霜，秋风走马出咸阳。
未收天子河湟地，不拟回头望故乡。

①鞚：音 kòng，带嚼子的马笼头。

相思河

谁把相思号此河，塞垣车马往来多。
只应自古征人泪，洒向空洲作碧波。

王　涯

764—835，字广津，山西太原人。

从军词（三首选二）

其　二

燕颔多奇相，狼头敢犯边。

寄言班定远，正是立功年。

其　三

旄头夜落捷书飞，来奏金门著赐衣。

白马将军频破敌，黄龙戍卒几时归。

陇上行

负羽到边州，鸣笳度陇头。

云黄知塞近，草白见边秋。

平戎辞

太白秋高助发兵，长风夜卷虏尘清。

男儿解却腰间剑，喜见从王道化平。

塞上曲二首

其　一

天骄远塞行，出鞘宝刀鸣。
定是酬恩日，今朝觉命轻。

其　二

塞虏常为敌，边风已报秋。
平生多志气，箭底觅封侯。

塞下曲二首

其　一

辛勤几出黄花戍，迢递初随细柳营[①]。
塞晚每愁残月苦，边愁更逐断蓬惊。

其　二

年少辞家从冠军，金妆宝剑去邀勋。
不知马骨伤寒水，唯见龙城起暮云。

①细柳营：西汉将领周亚夫设在细柳的营地。泛指军营。

陈　羽

806年前后在世，江东人。

从军行

海畔风吹冻泥裂，枯桐叶落枝梢折。

横笛闻声不见人，红旗直上天山雪。

欧阳詹

约757—约802，字行周，泉州晋江（今属福建泉州）人。

塞上行

闻说胡兵欲利秋，昨来投笔到营州。

骁雄已许将军用，边塞无劳天子忧。

刘禹锡

772 — 842，字梦得，号庐山人，彭城（今江苏徐州）人，祖籍河南洛阳。

边风行

边马萧萧鸣，边风满碛生。
暗添弓箭力，斗上鼓鼙声。
袭月寒晕起，吹云阴阵成。
将军占气候[①]，出号夜翻营[②]。

①占气候：观天象变化。

②翻营：迁移营地。

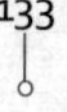

张仲素

约769—约819,字绘之,符离(今安徽宿州)人。

塞下曲五首

其　一

三戍渔阳再渡辽,骍弓在臂剑横腰①。
匈奴似若知名姓,休傍阴山更射雕。

其　二

猎马千行雁几双,燕然山下碧油幢②。
传声漠北单于破,火照旌旗夜受降。

其　三

朔雪飘飘开雁门,平沙历乱卷蓬根。
功名耻计擒生数,直斩楼兰报国恩。

其　四

陇水潺湲陇树秋,征人到此泪双流。
乡关万里无因见,西戍河源早晚休。

其　五

阴碛茫茫塞草肥,桔槔烽上暮云飞③。
交河北望天连海,苏武曾将汉节归。

①骍弓:涂着红色彩的弓。

②碧油幢:用桐油涂饰的军帐,为将领所居。

③桔槔:音 jié gāo,古代的一种汲水工具。

张　籍

约 766 — 约 830，字文昌，和州乌江（今安徽乌江）人。

出　塞

秋塞雪初下，将军远出师。
分营长记火，放马不收旗。
月冷边帐湿，沙昏夜探迟。
征人皆白首，谁见灭胡时。

泾州塞①

行到泾州塞，唯闻羌戍鼙。
道边古双堠，犹记向安西。

①泾州：今甘肃泾川县。

老　将

鬓衰头似雪，行步急如风。
不怕骑生马，犹能挽硬弓。
兵书封锦字，手诏满香筒。
今日身憔悴，犹夸定远功。

凉州词（三首选一）

其一

边城暮雨雁飞低，芦笋初生渐欲齐。

无数铃声遥过碛，应驮白练到安西。

①白练：白色的绢（帛）。

没蕃故人

前年伐月支[①]，城上没全师。

蕃汉断消息，死生长别离。

无人收废帐，归马识残旗。

欲祭疑君在，天涯哭此时。

①月支：古西域国名。

送防秋将

白首征西将，犹能射戟支。

元戎选部曲，军吏换旌旗。

逐虏招降远，开边旧垒移。

重收陇外地，应似汉家时。

送远使

扬旌过陇头，陇头向西流。

塞路依山远，戍城逢笛秋。

寒沙阴漫漫，疲马去悠悠。

为问征行将，谁封定远侯。

征西将

黄沙北风起，半夜又翻营。

战马雪中宿，探人冰上行。

深山旗未展，阴碛鼓无声。

几道征西将，同收碎叶城①。

①碎叶城：在今吉尔吉斯斯坦国首都比什凯克以东。

李　贺

790 — 816，字长吉，河南福昌（今河南宜阳）人。浪漫主义诗人，有“诗鬼”之称。

马诗（二十三首选一）

其　五

大漠沙如雪，燕山月似钩。
何当金络脑[1]，快走踏清秋。

①金络脑：金色的马辔头。

雁门太守行[1]

黑云压城城欲摧，甲光向日金鳞开。
角声满天秋色里，塞上燕脂凝夜紫。
半卷红旗临易水[2]，霜重鼓寒声不起。
报君黄金台上意[3]，提携玉龙为君死[4]。

①雁门太守行：乐府相和歌辞名。

②易水：水名，源出河北易县。

③黄金台：战国时燕昭王筑台，台上置黄金以延揽天下之士。故址在河北易县。

④玉龙：喻剑。

白居易

772 — 846，字乐天，下邽（今属陕西渭南）人，自号醉吟先生，亦称香山居士。中唐新乐府运动的倡导者之一。

赋得听边鸿

惊风吹起塞鸿群，半拂平沙半入云。
为问昭君月下听，何如苏武雪中闻。

中秋月

万里清光不可思，添愁益恨绕天涯。
谁人陇外久征戍[①]，何处庭前新别离。
失宠故姬归院夜[②]，没蕃老将上楼时[③]。
照他几许人肠断，玉兔银蟾远不知[④]。

①陇外：泛指西北地区。

②故姬：代指被皇帝疏远的女子。

③没蕃老将：陷落在蕃国的老将。

④玉兔银蟾：比喻天上的明月。

李宣远

785 — 805 年前后在世，澧州慈利（今属湖南张家界）人。

并州路

秋日并州路，黄榆落故关。
孤城吹角罢，数骑射雕还。
帐幕遥临水，牛羊自下山。
征人正垂泪，烽火起云间。

鲍　溶

生卒年不详？，字德源，进士，余皆不详。

寄李都护

去年河上送行人，万里弓旌一武臣。
闻道玉关烽火灭，犬戎知有外家亲[①]。

①犬戎：古族名，后中原人以此名类称西北游牧民族。

陇头水

陇头水，千古不堪闻。
生归苏属国，死别李将军[①]。
细响风凋草，清哀雁落云。

①李将军：指汉将李陵。

鲍君徽

804 年前后在世，字文姬，唐代中后期女诗人。

关山月

高高秋月明，北照辽阳城[①]。
塞迥光初满，风多晕更生[②]。
征人望乡思，战马闻鼙惊。
朔风悲边草，胡沙暗虏营。
霜凝匣中剑，风惫原上旌。
早晚谒金阙[③]，不闻刁斗声。

①辽阳城：在今辽宁省辽阳市。

②晕：月晕，天象中有“月晕而风”之说。

③金阙：皇帝所在之处，也泛指朝廷。

姚　合

约 779 — 约 855，陕州（今河南陕县）人，世称姚武功，其诗派称“武功体”。

塞下曲

碛露黄云下，凝寒鼓不鸣。
战须移死地，军讳杀降兵。
印马秋遮虏，蒸沙夜筑城。
旧乡归不得，都尉负功名。

送李侍御过夏州①

酬恩不顾名，走马觉身轻。
迢递河边路，苍茫塞上城。
沙寒无宿雁，虏近少闲兵。
饮罢挥鞭去，旁人意气生。

①夏州：在今陕西靖边县。

送少府田中丞入西蕃[1]

萧关路绝久，石堠亦为尘[2]。

护塞空兵帐，和戎在使臣。

风沙去国远，雨雪换衣频。

若问凉州事，凉州多汉人。

①少府：官名，县尉的别称。

②石堠：有两个释义，一是路边记历程的石堆，二是瞭望敌方情况的土堡。

送邢郎中赴太原[1]

上将得良策，恩威作长城。

如今并州北，不见有胡兵。

晋野雨初足，汾河波亦清。

所从古无比，意气送君行。

①郎中：官名，唐代时为六部下诸司的长官。

郑 巢

867 年前后在世，钱塘（今浙江杭州）人。

送边使

关河度几重，边色上离容。
灞水方为别，沙场又入冬。
曙雕回大旆，夕雪没前峰。
汉使多长策，须令远国从。

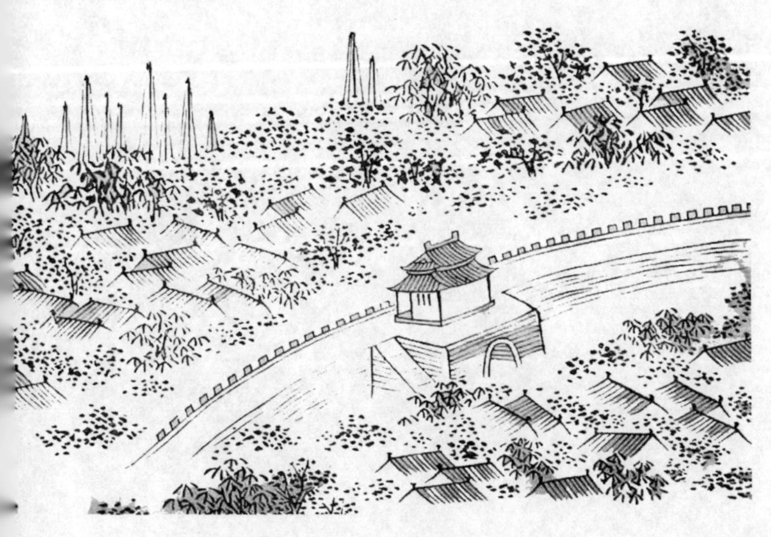

顾非熊

836 年前后在世，姑苏（今江苏苏州）人。

出塞即事（二首选一）

其　二

贺兰山便是戎疆[①]，此去萧关路几荒。
无限城池非汉界，几多人物在胡乡。
诸侯持节望吾土，男子生身负我唐。
回望风光成异域，谁能献计复河湟[②]。

①贺兰山：山名，位于宁夏与内蒙古交界处。

②河湟：河指黄河，湟指湟水，河湟地区位于青海东部。

张 祜

约 785—约 849,字承吉,清河(今属河北邢台)人。

采 桑

自古多征战,由来尚甲兵。
长驱千里去,一举两番平。
按剑从沙漠,歌谣满帝京。
寄言天下将,须立武功名。

破阵乐[①]

秋风四面足风沙,塞外征人暂别家。
千里不辞行路远,时光早晚到天涯。

①破阵乐:乐府杂曲歌辞名。

塞上曲

边风卷地时,日暮帐初移。
碛迥三通角,山寒一点旗。
连收榻索马,引满射雕儿。
莫道功勋细,将军昔戍师。

塞上闻笛

一夜梅花笛里飞，冷沙晴槛月光辉。
北风吹尽向何处，高入塞云燕雁稀。

塞下曲

二十逐嫖姚，分兵远戍辽。
雪迷经塞夜，冰壮渡河朝。
促放雕难下，生骑马未调。
小儒何足问，看取剑横腰。

朱庆馀

826年前后在世，名可久，字庆馀，越州(今浙江绍兴)人，一说闽中(今福建)人。

自萧关望临洮

玉关西路出临洮，风卷边沙入马毛。
寺寺院中无竹树，家家壁上有弓刀。
惟怜战士垂金甲，不尚游人著白袍。
日暮独吟秋色里，平原一望戍楼高。

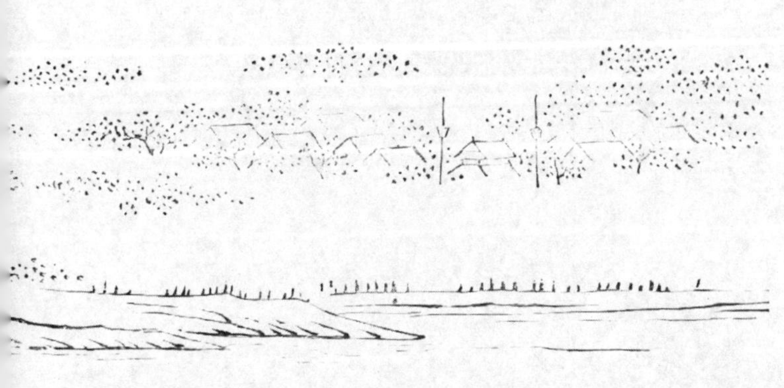

杜　牧

803 — 约 852，字牧之，京兆万年（今属陕西西安）人，号樊川居士。人称“小杜”，在晚唐文坛上卓然成家。

边上闻笳三首

其　一

何处吹笳薄暮天，塞垣高鸟没狼烟。
游人一听头堪白，苏武争禁十九年。

其　二

海路无尘边草新，荣枯不见绿杨春。
白沙日暮愁云起，独感离乡万里人。

其　三

胡雏吹笛上高台，寒雁惊飞去不回。
尽日春风吹不散，只应分付客愁来。

许浑

约 791 — 约 858，字用晦，一作仲晦，润州丹阳（今江苏丹阳）人。

塞下

夜战桑干北[①]，秦兵半不归。
朝来有乡信，犹自寄征衣。

①桑干：桑干河，源出山西管涔山，流经华北平原，入永定河，相传每年桑椹成熟的时候干涸，故名。

征西旧卒

少年乘勇气，百战过乌孙。
力尽边城难，功加上将恩。
晓风听戍角，残月倚营门。
自说轻生处，金疮有旧痕。

薛 逢

841年前后在世，字陶臣，蒲州河东（今属山西永济）人。

感 塞

满塞旌旗镇上游，各分天子一方忧。
无因得见歌舒翰，可惜西山十八州。

凉州词

昨夜蕃兵报国仇，沙州都护破凉州[①]。
黄河九曲今归汉，塞外纵横战血流。

①沙州都护：指归义军节度使张议潮。沙州，敦煌地区的古名。

赵嘏

约806—约853，字承佑，楚州山阳（今属江苏淮安）人。

平戎

边声一夜殷秋鼙，牙帐连烽拥万蹄[1]。
武帝未能忘塞北，董生才足使胶西[2]。
冰横晓渡胡兵合，雪满穷沙汉骑迷。
自古平戎有良策，将军不用倚云梯[3]。

①牙帐：将帅所居的营帐。

②董生：指汉代儒学大师董仲舒。

③云梯：攻城的工具。《孙子兵法》："上兵伐谋，其次伐交，其次伐兵，其下攻城；攻城之法为不得已。"

丁　稜

843 年前后在世，字子威，江西宜春人。

塞下曲

北风鸣晚角，雨雪塞云低。

烽举战军动，天寒征马嘶。

出营红旆展，过碛暗沙迷。

诸将年皆老，何时罢鼓鼙。

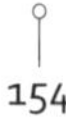

姚　鹄

843年前后在世，字飞云，蜀中（四川中部）人。

赠边将

三边近日往来通，尽是将军镇抚功。

兵统万人为上将，威加千里慑西戎[①]。

清笳绕塞吹寒月，红旆当山肃晓风。

却恨北荒沾雨露，无因扫尽虏庭空。

①西戎：对西北少数民族的统称。

马 戴

799—869,字虞臣,定州曲阳(今属河北保定)人。

出塞词

金带连环束战袍,马头冲雪度临洮。
卷旗夜劫单于帐,乱斫胡儿缺宝刀。

留别定襄卢军事①

行行与君别,路在雁门西。
秋色见边草,军声闻戍鼙。
酣歌击宝剑,跃马上金堤。
归去咸阳里,平生志不迷。

①定襄:地名,今山西定襄县。

陇上独望

斜日挂边树,萧萧独望间。
阴云藏汉垒,飞火照胡山。
陇首行人绝,河源夕鸟还。
谁为立勋者,可惜宝刀闲。

塞下曲（二首选一）

其　一

旌旗倒北风，霜霰逐南鸿[1]。
夜救龙城急，朝焚虏帐空。
骨销金镞在，鬓改玉关中。
却想羲轩氏[2]，无人尚战功。

①霰：音 xiàn，水蒸气遇冷空气凝成的小冰粒。

②羲轩氏：伏羲氏和轩辕氏（黄帝）。

韦　蟾

？—约873，字隐珪，下杜（今属陕西西安）人。

送卢潘尚书之灵武[1]

贺兰山下果园成，塞北江南旧有名。
水木万家朱户暗，弓刀千队铁衣鸣。
心源落落堪为将，胆气堂堂合用兵。
却使六番诸子弟[2]，马前不信是书生。

①尚书：官名。灵武：地名，宁夏灵武市。

②六番：指少数民族。

温庭筠

约812—约866，本名岐，字飞卿，山西祁县人。

苏武庙

苏武魂销汉使前，古祠高树两茫然。
云边雁断胡天月，陇上羊归塞草烟。
回日楼台非甲帐，去时冠剑是丁年[1]。
茂陵不见封侯印[2]，空向秋波哭逝川[3]。

①丁年：壮年，古代有男子成丁年龄的规定，为服徭役和课税的条件。

②茂陵：汉武帝之陵。

③逝川：逝去的时间。

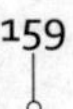

刘　驾

约 822—？，字司南，江东人。

塞下曲

勒兵辽水边，风急卷旌旃[1]。
绝塞阴无草，平沙去尽天。
下营看斗建[2]，传号信狼烟。
圣代书青史，当时破虏年。

①旌旃：泛指旗帜。

②斗建：古时以北斗星的运转计算月令，斗柄所指之辰叫斗建。

高　骈

821—887，字千里，幽州（今北京西南）人。

边城听角

席箕风起雁声秋[①]，陇水边沙满目愁。

三会五更欲吹尽，不知凡白几人头。

①席箕：塞北牧草名。亦称塞芦，可饲马。

南征叙怀

万里驱兵过海门[①]，此生今日报君恩。

回期直待烽烟静，不遣征衣有泪痕。

①海门：古镇名，在今广西博白县西南，唐时为入安南要道。

塞上寄家兄

棣萼分张信使希[①]，几多乡泪湿征衣。

笳声未断肠先断，万里胡天鸟不飞。

①棣萼：音 dì'è，比喻兄弟。

翁 绶

877年前后在世,余均不详。

陇头吟

陇头潺湲陇树黄[①],征人陇上尽思乡。
马嘶斜日朔风急,雁过寒云边思长。
残月出林明剑戟,平沙隔水见牛羊。
横行俱足封侯者,谁斩楼兰献未央[②]。

①潺湲:水慢慢流动的样子。

②未央:未央宫,西汉的大朝正殿。

雨雪曲

边声四合殷河流,雨雪飞来遍陇头。
铁岭探人迷鸟道,阴山飞将湿貂裘。
斜飘旌旆过戎帐,半杂风沙入戍楼。
一自塞垣无李蔡[①],何人为解北门忧。

①李蔡:西汉将领,李广从弟。

李昌符

867 年前后在世，字若梦，余皆不详。

书边事

朔野烟尘起，天军又举戈。
阴风向晚急，杀气入秋多。
树尽禽栖草，冰坚路在河。
汾阳无继者[①]，羌虏肯先和？

①汾阳：唐玄宗时将领郭子仪，因功封汾阳郡王，后世多以其官职尊称。

许 棠

822—？，字文化，安徽泾县人。

塞下（二首选一）

其 一

胡虏偏狂悍，边兵不敢闲。
防秋朝伏弩[①]，纵火夜搜山。
雁逆风鼙振，沙飞猎骑还。
安西虽有路，难更出阳关。

①防秋：胡人常在秋季发动战事，汉人戍守边境的防御之举称“防秋”。

贯　休

832 — 912，俗姓姜，字德隐，婺州兰溪（今属浙江）人。属号禅月大师，或呼为“得得和尚”，诗僧，画僧。

古出塞曲（三首选二）

其　一

扫尽狂胡迹，回头望故关。
相逢唯死斗，岂易得生还。
纵宴参胡乐，收兵过雪山。
不封十万户[①]，此事亦应闲。

其　二

玉帐将军意，殷勤把酒论。
功高宁在我，阵没与招魂。
塞色干戈束，军容喜气屯。
男儿今始是，譀出玉关门[②]。

①十万户：指封侯的食邑户数。

②譀：音 hàn，夸口。

古塞上曲（七首选二）

其　一

幽并儿百万，百战未曾输。
蕃界已深入，将军仍远图。
月明风拔帐，碛暗鬼骑狐。
但有东归日，甘从筋力枯。

其　三

白雁兼羌笛，几年垂泪听。
阴风吹杀气，永日在青冥。
远戍秋添将，边烽夜杂星。
嫖姚头半白，犹自看兵经。

古塞下曲（七首选五）

其　一

下营依遁甲[①]，分帅把河隍。
地使人心恶，风吹旗焰荒。
搜山得探卒，放火猎黄羊。
唯有南飞雁，声声断客肠。

其　三

虏寇日相持，如龙马不肥，
突围金甲破，趁贼铁枪飞。
汉月堂堂上，胡云惨惨微。
黄河冰已合，犹未送征衣。

其　五

不是将军勇，胡兵岂易当。

雨曾淋火阵，箭又中金疮[②]。

铁岭全无土，豺群亦有狼。

因思无战日，天子是陶唐[③]。

其　六

榆叶飘萧尽，关防烽寨重。

寒来知马疾，战后觉人凶。

烧逐飞蓬死，沙生毒雾浓。

谁能奏明主，功业已堪封。

其　七

万战千征地，苍茫古塞门。

阴兵为客祟[④]，恶酒发刀痕。

风落昆仑石，河崩苜蓿根[⑤]。

将军更移帐，日日近西蕃[⑥]。

①遁甲：古代道家预测学。

②金疮：指刀箭等金属器械造成的伤口。

③陶唐：古帝名，即尧。

④客祟：外来的害人鬼怪。

⑤苜蓿：草本植物，可做牧草。

⑥西蕃：指西羌族。

入塞曲三首

其　一

单于烽火动，都护去天涯。
别赐黄金甲，亲临白玉墀[①]。
塞垣须静谧，师旅审安危。
定远条支宠[②]，如今胜古时。

其　二

方见将军贵，分明对冕旒[③]。
圣恩如远被，狂虏不难收。
臣节唯期死，功勋敢望侯。
终辞修里第[④]，从此出皇州[⑤]。

其　三

百里精兵动，参差便渡辽。
如何好白日，亦照此天骄。
远树深疑贼，惊蓬迴似雕。
凯歌何日唱，碛路共天遥。

①墀：音 chí，宫殿台阶上的空地。

②定远：班超，东汉时军事家、外交家，被封为定远侯。

③冕旒：古代帝王礼帽前后垂悬的玉串。

④修里第：用霍去病“匈奴未灭，何以家为”典故。里第，里中宅第。

⑤皇州：京城，帝都。

战城南（二首选一）

其　二

碛中有阴兵，战马时惊蹶。
轻猛李陵心，摧残苏武节。
黄金锁子甲，风吹色如铁。
十载不封侯，茫茫向谁说。

陆龟蒙

?—约881，字鲁望，号天随子、江湖散人、甫里先生，姑苏（今江苏苏州）人。

孤烛怨

前回边使至，闻道交河战。
坐想鼓鞞声，寸心攒百箭。

司空图

837 — 908，字表圣，号知非子，又号耐辱居士，河中虞乡（今属山西永济）人。

河湟有感

一自萧关起战尘，河湟隔断异乡春。

汉儿尽作胡儿语，却向城头骂汉人。

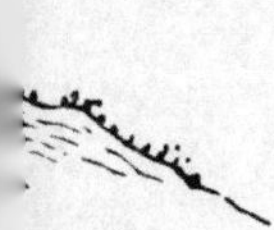
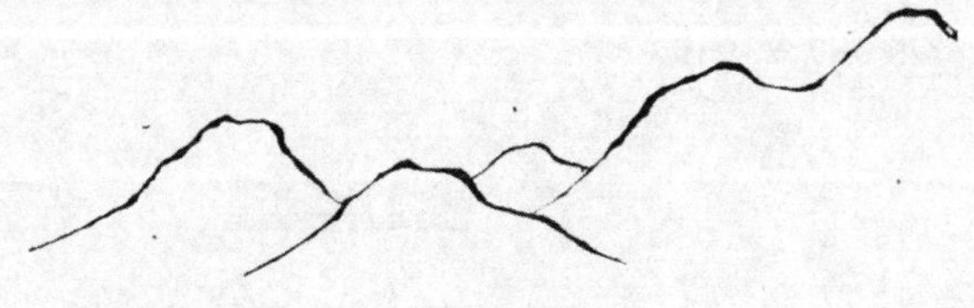

张 乔

860 — 874 年前后在世，字伯迁，安徽池州人。咸通十哲之一。

河湟旧卒

少年随将讨河湟，头白时清返故乡。
十万汉军零落尽，独吹边曲向残阳。

书边事

调角断清秋①，征人倚戍楼。
春风对青冢，白日落梁州②。
大汉无兵阻，穷边有客游。
蕃情似此水，长愿向南流。

①调角：吹奏号角。

②梁州：今陕西汉中一带。

宴边将

一曲梁州金石清，边风萧飒动江城。
座中有老沙场客，横笛休吹塞上声。

曹唐

约 797 — 约 866，字尧宾，桂州（今广西桂林）人。

送康祭酒赴轮台[①]

灞水桥边酒一杯[②]，送君千里赴轮台。

霜粘海眼旗声冻[③]，风射犀文甲缝开[④]。

断碛簇烟山似米，野营轩地鼓如雷。

分明会得将军意，不斩楼兰不拟回。

①祭酒：泛指年长或位尊者。

②灞水：也称灞河，渭河的支流，流经西安地区。

③海眼：水的流出口。

④犀文：犀牛皮制成的甲胄。

李咸用

873 年前后在世，余皆不详。

关山月

离离天际云，皎皎关山月。
羌笛一声来，白尽征人发。
嘹唳孤鸿高[①]，萧索悲风发。
雪压塞尘清，雕落沙场阔。
何当胡无人，荷戈朝凤阙[②]。

①嘹唳：鸿雁鸣叫的声音。

②凤阙：指皇宫或朝廷。

送边将

天骄频犯塞，铁骑又征西。
臣节轻乡土，雄心生鼓鼙。
地寒花不艳，沙远日难低。
渐喜秋弓健，雕翻百草齐。

胡 曾

约 840—？，号秋田，湖南邵阳人。

交河塞下曲

交河冰薄日迟迟，汉将思家感别离。

塞北草生苏武泣，陇西云起李陵悲。

晓侵雉堞乌先觉[1]，春入关山雁独知。

何处疲兵心最苦，夕阳楼上笛声时。

①雉堞：城墙上用于掩护守城人的齿形矮墙。

罗　隐

833—910，字昭谏，余杭新城（今属浙江杭州）人。

登夏州城楼

寒城猎猎戍旗风[①]，独倚危楼怅望中。
万里山河唐土地，千年魂魄晋英雄。
离心不忍听边马，往事应须问塞鸿。
好脱儒冠从校尉[②]，一枝长戟六钧弓[③]。

①猎猎：风声或风吹动旗帜的声音。

②校尉：武官名。

③六钧弓：钧是古代重量的计量单位，一钧相当于三十斤，六钧用来比喻强弓。

秦韬玉

882年前后在世,字中明,一作仲明,京兆(今陕西西安)人。

塞　下

到处人皆著战袍,麾旗风紧马蹄劳。

黑山霜重弓添硬,青冢沙平月更高。

大野几重开雪岭,长河无限旧云涛。

凤林关外皆唐土[①],何日陈兵戍不毛。

①凤林关:关名,在今甘肃积石山县。

唐彦谦

？— 893，字茂业，号鹿门先生，并州晋阳（今山西太原）人。

咏马（二首选一）

其　二

崚嶒高耸骨如山①，远放春郊苜蓿间。
百战沙场汗流血，梦魂犹在玉门关。

①崚嶒：音 léng céng，形容山势高峻重叠。

周　朴

？— 878，字太朴，一字见素，吴兴（今浙江湖州）人，一说睦州桐庐（今浙江桐庐）人。

边　思

年高来远戍，白首罢干戎。
夜色蓟门火，秋声边塞风。
碛浮悲老马，月满引新弓。
百战阴山去，唯添上将雄。

塞上曲

一阵风来一阵沙，有人行处没人家。
黄河九曲冰先合，紫塞三春不见花。

塞上行

秦筑长城在，连云碛气侵。
风吹边草急，角绝塞鸿沉。
世世征人往，年年战骨深。
辽天望乡者，回首尽沾襟。

塞下曲

石国胡儿向碛东，爱吹横笛引秋风。

夜来云雨皆飞尽，月照平沙万里空。

崔 涂

887 年前后在世，字礼山。

陇上逢江南故人

三声戍角边城暮，万里乡心塞草春。

莫学少年轻远别，陇关西少向东人。

卢汝弼

892 年前后在世，字子浩，一作子谐，范阳（今河北涿州）人。

和李秀才边庭四时怨（四首选一）

其　四

朔风吹雪透刀瘢，饮马长城窟更寒。

半夜火来知有敌，一时齐保贺兰山。

杜荀鹤

846 — 907，字彦之，号九华山人，池州石埭（今属安徽石台）人。

塞　上

草白河冰合，蕃戎出掠频。
戍楼三号火，探马一条尘。
战士风霜老，将军雨露新。
封侯不由此，何以慰征人？

塞上伤战士

战士说辛勤，书生不忍闻。
三边远天子，一命信将军。
野火烧人骨，阴风卷阵云。
其如禁城里，何以重要勋。

送李先辈从知塞上

去草军书出帝乡，便从城外学戎装。
好随汉将收胡土，莫遣胡兵近汉疆。
洒碛雪粘旗力重，冻河风揭角声长。
此行也是男儿事，莫向征人恃桂香[①]。

①桂香：此处取归乡之谐音。

韦 庄

836 — 910,字端己,京兆杜陵(今属陕西西安)人。

平陵老将[1]

白羽金仆姑,腰悬双辘轳。
前年葱岭北[2],独战云中胡。
匹马塞垣老,一身如鸟孤。
归来辞第宅,却占平陵居。

①平陵:汉昭帝之陵。

②葱岭:地名,指帕米尔高原。

赠边将

昔因征远向金微,马出榆关一鸟飞。
万里只携孤剑去,十年空逐塞鸿归。
手招都护新降虏,身著文皇旧赐衣[1]。
只待烟尘报天子,满头霜雪为兵机。

①文皇:本指唐太宗,此处泛指唐代皇帝。

王贞白

875 — 958,字有道,号灵溪,信州永丰(今属江西上饶)人。

古悔从军行

忆昔仗孤剑,十年从武威。
论兵亲玉帐,逐虏过金微。
陇水秋先冻,关云寒不飞。
辛勤功业在,麟阁志犹违。

胡笳曲

陇底悲笳引[①],陇头鸣北风[②]。
一轮霜月落,万里塞天空。
戍卒泪应尽,胡儿哭未终。
争教班定远,不念玉关中。

①陇底:陇山下。

②陇头:陇山头。

入　塞

玉殿论兵事，君王诏出征。
新除羽林将，曾破月支兵。
惯历塞垣险，能分部落情。
从今一战胜，不使虏尘生。

塞上曲

岁岁但防虏，西征早晚休。
匈奴不系颈，汉将但封侯。
夕照低烽火，寒笳咽戍楼。
燕然山上字，男子见须羞。

晓发萧关

早发长风里，边城曙色间。
数鸿寒背碛，片月落临关。
陇上明星没，沙中夜探还。
归程不可问，几日到家山。

张　蠙

895 年前后在世，字象文，河北清河人。“咸通十哲”之一。

边将（二首选一）

其　一

历战燕然北，功高剑有威。
闻名外国惧，轻命故人稀。
角怨星芒动，尘愁日色微。
从为汉都护，未得脱征衣。

边　情

穷荒始得静天骄，又说天兵拟渡辽。
圣主尚嫌蕃界近，将军莫恨汉庭遥。
草枯朔野春难发，冰结河源夏半销。
惆怅临戎皆效国，岂无人似霍嫖姚。

边庭送别

一生虽达理，远别亦相悲。
白发无修处，青松有老时。
暮烟传戍起，寒日隔沙垂。
若是长安去，何难定后期？

登单于台

边兵春尽回，独上单于台。
白日地中出，黄河天外来。
沙翻痕似浪，风急响疑雷。
欲向阴关度①，阴关晓不开。

①阴关：阴山山脉中的关隘。

古战场

荒骨潜销垒已平，汉家曾说此交兵。
如何万古冤魂在，风雨时闻有战声。

张 为

874 年前后在世，闽中（今福建福州）人。

渔阳将军

霜髭拥颔对穷秋[1]，著白貂裘独上楼。
向北望星提剑立，一生长为国家忧。

①髭：音 zī，嘴上边的胡子。颔：下巴。

江　为

950年前后在世，字以善，宋州（今属河南商丘）人。

塞下曲

万里黄云冻不飞，碛烟烽火夜深微。

胡儿移帐寒笳绝，雪路时闻探马归。

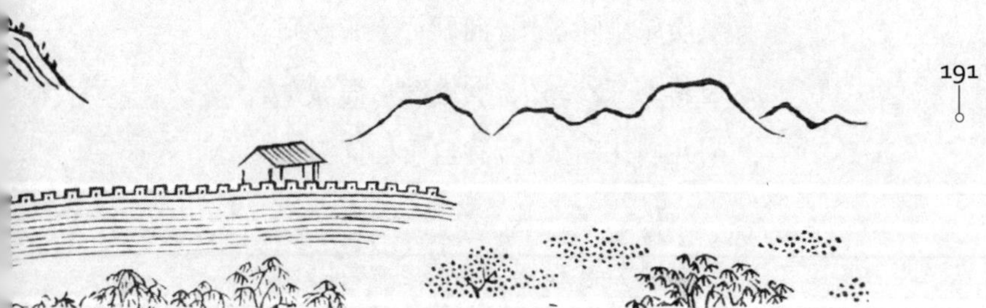

沈　彬

约 853 — 约 957 年在世，字子文，江西高安人。

吊边人

杀声沉后野风悲，汉月高时望不归。
白骨已枯沙上草，家人犹自寄寒衣。

塞下（三首选二）

其　一

塞叶声悲秋欲霜，寒山数点下牛羊。
映霞旅雁随疏雨，向碛行人带夕阳。
边骑不来沙路失，国恩深后海城荒。
胡儿向化新成长，犹自千回问汉王。

其　三

月冷榆关过雁行，将军寒笛老思乡。
贰师骨恨千夫壮①，李广魂飞一剑长。
戍角就沙催落日，阴云分碛护飞霜。
谁知汉武轻中国，闲夺天山草木荒。

①贰师：贰师城，在今吉尔吉斯斯坦。西汉将领李广利亦称“贰师将军”。

陈 陶

约 812 — 约 885，字蒿伯，号三教布衣，岭南（一作鄱阳，一作剑浦）人。

陇西行（四首选一）

其 二

誓扫匈奴不顾身，五千貂锦丧胡尘①。
可怜无定河边骨②，犹是春闺梦里人③。

①貂锦：战袍，借指将士。

②无定河：河名，源头出自内蒙古，流经陕西北部。

③春闺：女子的闺房，亦指年轻女子。

佚 名

哥舒歌[1]

北斗七星高[2]，哥舒夜带刀，

至今窥牧马，不敢过临洮。

①哥舒：哥舒翰，唐玄宗时将领。

②北斗七星：星座名，大熊星座的一部分。

水调歌第一[1]

平沙落日大荒西，陇上明星高复低。

孤山几处看烽火，壮士连营候鼓鼙。

①水调歌：乐府杂曲歌辞名。

凉州歌第二[1]

朔风吹叶雁门秋，万里烟尘昏戍楼。

征马常思青海北，胡笳夜听陇山头。

①凉州歌：乐府杂曲歌辞名。

杂诗

无定河边暮角声，赫连台畔旅人情。

函关归路千余里，一夕秋风白发生。

战胜乐[1]

百战得功名，天兵意气生。

三边永不战，此是我皇英。

①战胜乐：乐府杂曲歌辞名。

索引